J'AI PÉCHÉ, PÉCHÉ DANS LE PLAISIR

DE LA MÊME AUTEURE

KHOMEINY, SADE ET MOI, Grasset, 2014.
LES EXILÉS MEURENT AUSSI D'AMOUR, Grasset, 2018.
ÉLOGE DU MÉTÈQUE, Grasset, 2019.

ABNOUSSE SHALMANI

J'AI PÉCHÉ, PÉCHÉ DANS LE PLAISIR

roman

BERNARD GRASSET
PARIS

Photo de la bande : Marie de Régnier de dos.
Collection Robert Fleury relative à Pierre Louÿs. Estampes et Photographie. © BNF.

ISBN 978-2-246-81545-7

À la mémoire de Mohammad Vafaei Shalmani, mon merveilleux grand-père

Et à celle de Mahmoud Moalemi, « Amou Djan », mon oncle chéri

Pour Philippe Aghion, l'ami lumineux

J'ai péché, péché dans le plaisir,
dans des bras chauds et enflammés.
J'ai péché, péché dans des bras de fer,
dans des bras brûlants et rancuniers.
Dans ce lieu calme, sombre et muet,
je me suis assise près de lui, agitée.
Ses lèvres ont versé l'envie sur mes lèvres.
Du chagrin de mon cœur fou, je me suis libérée.
(...)
L'envie a enflammé son regard,
le vin rouge a dansé dans le verre,
et sur le lit doux, mon corps
ivre de volupté sur sa poitrine a tremblé.
J'ai péché, péché dans le plaisir,
près d'un corps tremblant et évanoui.
Seigneur ! Je ne sais ce que j'ai fait
dans ce lieu, calme, sombre et muet.

Forough FARROKHZAD,
« Le péché » in *Le Mur*, 1955

Téhéran, avril 1956

Seul un regard peut enhardir un timide. Celui intense de Forough enflamme instantanément le jeune homme planqué derrière la mince rangée de lecteurs, cigarettes en main, journaux en guise d'éventails sous la chaleur printanière de Téhéran, qui se poussent du coude pour attirer le regard de la poète. Forough, craintive, regarde justement au-delà des volutes de fumée et des initiés qui se regroupent dans l'arrière-salle d'unc librairie, pour écouter la poète qui, paraît-il, révolutionne la poésie classique et assume le scandale d'une vie libre, et elle se fixe sur le timide se ratatinant sur son siège, comme sur une échappatoire, un horizon. Il prend ce regard pour lui et se sent capable, se promet-il, de lui adresser la parole – c'est la première fois qu'elle le regarde. Forough est déconcertée par le réveil du timide, dont le cou jusqu'alors donnait l'impression de se forcer à rentrer le plus profondément possible dans son col de chemise mais qui, soudain, s'ébroue comme un cheval, renaissant sous son regard en déployant son corps sur son inconfortable siège. Elle en est agacée, elle qui cherchait un apaisement, se trouve une nouvelle fois face à un lecteur qui lui dira, plus tard, après l'échange, être aussi doué qu'elle mais moins chanceux. Mais si son corps s'affirme les yeux du jeune homme font encore l'effet d'une chatte prise au piège. Alors, à défaut d'un autre point de repli, Forough maintient son regard sur le jeune homme – qui a déjà vingt-six ans, mais dont les cheveux très clairs et les yeux « presque » verts comme le louait fièrement sa mère le font paraître plus jeune. Forough n'a que vingt et un ans mais dès le premier coup d'œil qu'elle pose sur le jeune homme qui tente de disparaître, elle est l'aînée. Un mariage, un enfant, un divorce, un recueil de poésie, un scandale, ça vous mûrit un visage à coups de profondeur.

Applaudissements polis, remerciements forcés et la vague humaine déferle sur Forough, les mains qui disent l'exact contraire des paroles, vous êtes une formidable poète, les mains se crispent de jalousie, la liberté des femmes est fondamentale, la main qui tord le journal sous-entendant qu'elle n'est qu'une pute, le miel des lèvres, la haine des mains. Forough attend le timide, qui traîne à l'arrière de la horde bruyante. Il s'approche comme s'il marchait sur du verre, il a déjà perdu cette confiance un instant gagnée, tenant fermement un sac en cuir d'universitaire. Face à elle, il bafouille, ce qui la rassure, il n'a peut-être pas de poésie à lui faire lire, de jalousie à lui envoyer au visage, enrobée de faux compliments. Interview, étonnement, première fois, il n'aurait jamais imaginé, Pierre Louÿs, une Iranienne, Bilitis… Forough l'interrompt. « Bilitis ? » Il recule d'un pas, elle s'avance, avide. Alors, à défaut de pouvoir faire une phrase intelligible, il ouvre sa sacoche d'universitaire, puis après un rapide coup d'œil apeuré autour de lui, lui tend un livre dont la couverture est reliée d'un papier kraft. Forough ne fait pas tant de manières, elle lui arrache le livre, exaspérée de devoir finalement lire la production d'un étudiant en manque de reconnaissance. Mais c'est *Les Chansons de Bilitis* de Pierre Louÿs dont chaque poème est traduit en persan. Pendant que Forough lit, l'étudiant regarde, fébrile, autour de lui, l'air d'un dealer qui s'inquiète d'une descente de police. Forough est seule au monde avec *Les Chansons de Bilitis*, hypnotisée, découvrant davantage que jamais espéré… *Ce matin, je ne mangerai pas, ni ce soir, et sur mes lèvres je ne mettrai ni rouge ni poudre, afin que son baiser demeure. Je laisserai les volets clos et je n'ouvrirai pas la porte, de peur que le souvenir resté ne s'en aille avec le vent…* La librairie se vide, le libraire n'ose interrompre la concentration figée de Forough, le timide ne sait plus quoi faire de son corps depuis longtemps. Il finit par toucher le bras de Forough qui semble se réveiller d'un songe.

« Tu en as d'autres, la Tortue ?

— Oui.

— Chez toi. »

Ce n'est pas une question mais un ordre. Il n'y a pas de place pour une quelconque négociation, ni pour esquiver ni pour changer de surnom. Le longiligne jeune homme aux cheveux de paille, aux yeux presque verts demeurera la Tortue. Forough ne prend même pas la peine de remercier le libraire qui a pris un risque en invitant cette poète qui sent le soufre, divorcée, scandaleuse, infréquentable. Elle marche vers la sortie suivie de la Tortue dont le cou tente de nouveau de rentrer désespérément dans son col de chemise – il hait sa culture, l'Iran du taroof, l'art de la politesse exagérée et étouffante, mais il est iranien et faire si peu de manières le perturbe. Il ne peut pourtant plus fuir. L'aurait-il voulu qu'il resterait prisonnier de son amour pour elle. Jusqu'à la fin de la vie de Forough, il la fournira en traductions, la nourrira d'une autre vie que la sienne, lui faisant sentir chaque jour l'abîme entre son existence et celle qu'elle aurait aimé, dû, espéré vivre. Le soir même Forough découvre le grand amour de Pierre Louÿs, Marie de Régnier. Dès cet instant, elle mesura sa vie à la sienne, chercha à mettre ses pas dans les siens, se cabra devant l'impossibilité d'être libre à Téhéran comme Marie avait osé l'être à Paris, se releva, s'abreuva des transgressions de Marie pour se fracasser contre le mur de la morale persane, se consola et révolutionna la poésie persane sans pourtant parvenir à renverser les mentalités.

L'amant traducteur de Forough, la Tortue-refuge, ne va plus jamais quitter son ombre. Ils ne se voient jamais qu'à deux, personne ne connaît leur intimité,

Forough ne partage la Tortue et Marie avec personne. Ils se retrouvent exclusivement dans son appartement à lui, au deuxième étage restauré d'une villa du XIXe siècle dans le nord de Téhéran. Seuls la façade et le jardin ont survécu aux abandons, travaux, restaurations et transformations. La veuve du propriétaire vit au rez-de-chaussée, sa fille tout aussi veuve au premier étage et la grande qualité de l'appartement du deuxième est qu'on y accède par un escalier extérieur, derrière la maison, assurant discrétion et indépendance. Une cuisine bien trop grande pour un étudiant célibataire dont les branches d'un mûrier bicentenaire occupent toute l'étendue de la fenêtre, et un salon où la décoration hétéroclite se rapproche de la maison de campagne où on a relayé les meubles du passé ; les murs des deux chambres de taille égale recouverts de livres, un matelas sur le sol rappelant qu'on y vit aussi puisqu'on y dort, et dans le salon, un bureau qui est une longue et lourde table de salle à manger croulant sous les livres ouverts, les papiers, les plumes, disant la vie obsessionnelle et monacale d'un passionné. En pénétrant dans l'appartement le temps semble s'abolir sous la force de l'intemporel. Il en est ainsi des intérieurs qui sont des lieux d'idolâtrie et pourraient se transposer à n'importe quel temps, n'importe quelle ville, n'importe quel âge. Forough aime instantanément cette dimension hors du temps. Elle y revient comme on quitte la réalité pour entrer dans un monde suspendu. Jamais elle n'éprouva le besoin de déflorer le secret qui la lie à la Tortue, jamais elle ne voulut partager ni la Tortue, ni Marie de Régnier, ni Pierre Louÿs, ni la tentation de Paris, de crainte de tout perdre.

Après le décès opportun de son salaud de père, avant d'abandonner le droit et s'engager en littérature, la Tortue, de son vrai nom Cyrus Amir Maziari, ne s'enflamme que pour la poésie et, à défaut d'avoir un talent d'écrivain, il développe sa curiosité au point de devenir un éminent historien de la poésie. Mais avant, il fait le voyage à Paris comme on accomplit le pèlerinage de la liberté, et découvre qu'il existe un « Enfer » dans la Bibliothèque nationale, les livres interdits, maudits, censurés, des érotiques, des cochonneries, des remises en cause du dogme en pagaille, des jouissances au grand jour qui renversent les papes en pleine nuit, des pages et des pages de foutre. En obtenant un passe-droit par un ambassadeur de je ne sais quelle monarchie asiatique – ils raffolent des « Enfers » –, il se plonge dans les archives de « l'Enfer » et Louÿs l'électrise. Il se découvre une passion pour la Belle Époque, on est en 1948, il n'a pas vingt ans, il devient collectionneur et traducteur clandestin de Louÿs. Traducteur pour lui-même : mis à part Forough et une autre maîtresse – plus tard, après la Révolution qui l'a contraint à brûler dans la baignoire tous les livres de Louÿs accumulés au fil de sa jeunesse, ses recueils, notes, traductions, projet de biographie, tentative de roman, photographies achetées à Paris et surtout le récit de son aventure secrète avec Forough Farrokhzad –, nul ne connaît alors son enthousiasme pour Louÿs, ni son amour absolu pour Forough. Il retourne à Paris avec Forough, au début des années 1960, puis avec une maîtresse iranienne en 1978, encore inconscient de la révolution islamique qui se trame dans son dos en Iran. Il lui traduit l'innommable, et la jeune femme rougit et il se sent vieux et se rappelle Forough qui ne rougissait pas, elle, quand elle découvre, la première fois, dans son appartement qui est voué à la poésie et devient un sanctuaire avec sa présence :

… et plus tard, dans la cage d'escalier silencieux
Sous la jupe de la danseuse
Je mis le doigt, et constatai
Que son ornière était poisseuse
Et son trou du cul dilaté.
J'y mis deux doigts, puis trois, puis quatre,
Et mon pouce en l'air par-devant
Sentit bientôt grandir et battre
Son petit bouton si vivant.

La Tortue qui deviendra historien, spécialisé dans la poésie occidentale sous le Shah, puis mystique sous les mollahs, avant de choisir l'exil définitif et parisien au milieu des années 1980, a lu l'interview de Forough du 2 juin 1955 : « Le seul livre dont la lecture ne me fatigue jamais est *Les Chansons de Bilitis*. J'aime Bilitis, vraie ou imaginaire. Pour moi, elle représente tout. » Dès que l'occasion se présente, une conférence, une rencontre dans une librairie, il se munit de sa traduction de *Bilitis* et espère avoir le courage d'aborder Forough. Quand elle le remarque en fuyant les regards insistants qui se posent sur elle dans cette petite librairie de Téhéran, il sait que c'est le moment. Que peut-être il n'y en aura pas d'autres, qu'après ce nouveau scandale, elle va fuir à l'étranger – et elle le fera quelques mois plus tard.

Après la vodka, après le sexe, après des lectures de poésie et la découverte des photographies de Pierre et de Marie, mais aussi de Louise, Zohra, Debussy, Valéry, Proust, Forough emporte chez elle à la fois *Pybrac* et le *Manuel de civilité pour les petites filles à l'usage des maisons d'éducation*, elle introduit le rire dans sa solitude – choisie et subie. Assise par terre, entourée de murs et de coussins, mais face à la fenêtre – toujours assise face aux fenêtres Forough – elle fait durer le plaisir. Elle a une théière près d'elle, pas de samovar, elle trouve la théière plus pratique. Elle commence toujours par le thé avant de se dire que l'alcool est plus adapté. Les années whisky. Ce sera donc un bourbon à la mode de Téhéran, le Four Roses. Elle se réinstalle. TOUT EST TRADUIT. Et très bien traduit par la Tortue amoureux de la Belle Époque illicite. Forough maîtrise l'anglais, l'italien et l'allemand, le français moins. Comme si la langue française était trop dangereuse, que sa connaissance l'aurait forcée à l'exil. Se plonger dans la poésie de Louÿs et dans la vie de Marie est une sorte d'exil.

Elle n'a jamais lu ça, ni les vers d'une élégante crudité, ni leurs vies d'un romanesque impossible à ses yeux d'Iranienne. Elle ne sait même pas que cela peut exister. Double choc. Son état est comparable à celui d'un aventurier qui découvre la terre l'émeraude le continent la montagne la momie obsédante en même temps. Elle est la première femme (iranienne) à lire ça. Imaginez. Faites l'effort d'imaginer. Téhéran, 1956. Imaginez derrière les jupes cloches et talons hauts à Téhéran, Ispahan, Shiraz. Derrière les robes de couturier des grandes villes, les mentalités sont encore celles du début du XXe siècle persan. Plus cadenassé que la Belle Époque – qui ceinturait pourtant la chair sévèrement.

Forough lit et éclate d'un rire sonore, faisant trembler ses voisins qui soupirent régulièrement d'être à proximité de la concubine du diable, la divorcée : « Si votre professeur vous demande une plume, ne feignez pas de croire qu'il vous prie de lui sucer la queue », « Quand vous venez de baiser dans un massif en plein jour, ne vous lavez pas le cul dans le bassin du Rond-Point. Cela vous ferait remarquer », « Ne priez pas quand vous êtes toute nue. Mettez une chemise de nuit, ne la relevez ni par-devant ni par-derrière devant les personnes présentes. Si vous portez un godemiché en érection sur votre motte, retirez-le. De même si vous l'avez dans le cul ». Forough rit, comme elle n'a pas ri depuis… A-t-elle jamais ri de facéties érotiques ? Jamais. Pierre Louÿs la déniaise, la déculpabilise, rajoute des aigus légers sur les graves tentations sexuelles. Pierre Louÿs, c'est l'Occident interdit, la chair à hauteur du sourire.

À défaut de calquer la vie de Marie, Forough écrit en vers sa vie idéale. Faute de pouvoir sortir manger un morceau, avec les odeurs de l'amour sur leurs peaux, peut-être même auraient-ils ri en public, comme rient les amants après le sexe, quand ils sont projetés dans le monde réel et qu'ils se sentent si supérieurs dans leur jouissance qui s'éternise. Dans un monde où la chair n'est pas réduite au péché et seulement au péché, Forough aurait fait comme tout le monde : un restaurant, des espoirs à la pointe du désir et la mélancolie rassurante de la solitude post-coït. Mais en Iran, à Téhéran ou ailleurs, elle tresse des poèmes pour raconter ce qui aurait pu être, elle enchaîne les vers pour compenser l'absence d'une vie au grand air, d'une vie où coucher avec un homme ne vous condamne pas. Si la poésie de Forough pue tellement la chair, c'est qu'elle est palliative au sexe proscrit.

Chanter la liberté entravée de Forough, c'est lui faire vivre la vie de Marie, cette vie qui lui aurait été si adaptée. Dès qu'elle découvre la Belle Époque de Paris, Forough cherche avidement les ressemblances, dissemblances, parallèles entre sa vie téhéranaise et la vie parisienne de Marie, elle presse la Tortue d'en savoir plus, de l'abreuver davantage, de lui donner sa dose de romance comme mode d'emploi à suivre. Elle s'émeut de se découvrir si ressemblante à Marie dans leur volonté matrimoniale, l'une pour le meilleur, l'autre pour le pire, elle rêve d'un Henri de Régnier – elle fut bien la seule, cela dit bien son désespoir d'être mal adaptée à son environnement –, elle imagine des liaisons saphiques comme des havres de paix, des hommes qui l'aiment autant qu'ils la respectent, un père qui l'adore. Et Forough se réveille immanquablement avec sa vie à elle, jouant seule une partition imaginaire, entourée d'hommes incapables de l'aimer pour ce qu'elle est, honteux de ses rires comme de ses vers. Marie est la consolation de Forough, comme elle est sa drogue. Cyrus la Tortue devient son dealer. Mais tandis que Forough enfile le costume de Marie pour oxygéner sa vie, Cyrus espère que Forough le regardera autrement que comme une courroie de transmission, qu'elle verra son amour, s'installera avec lui au grand jour, et qu'ils seront les Pierre et Marie de Téhéran, et ne vivant que dans ce vœu solitaire, il prend le pli de la Belle Époque, de l'Occident, de la libre pensée, ne retire plus le masque qu'il se fabrique pour elle, ne noue plus ses cravates qu'à la mode du Paris d'antan, promène son indifférence politique dans un pays en constante ébullition, se noie dans l'aspiration à l'art total, promène son originale silhouette dans un présent effacé, si décalé qu'il en devient étranger à son propre pays et assume sa liberté sans même en être conscient – comme Forough ne saura jamais le faire. Douze ans durant, Forough et Cyrus vont vivre à la

Belle Époque, suivre, pas à pas, les vies de Marie et Pierre, s'oublier en eux, se retrouver à travers eux, respirer à leur rythme, faire l'amour en s'imaginant être eux, espérant, chacun de son côté, qu'à force de mimétisme, ils auront changé de peau.

Paris, 1895

Le mariage ! La grande préoccupation des mères, le destin des filles, la roulette russe du bonheur ! C'est ainsi qu'on faisait son entrée dans le monde, en passant de la maison du père à celle du mari. À Paris, en 1895, Marie de Heredia est amoureuse. Elle est aimée, célébrée, admirée. Grande, très mince, brune, piquante, un physique inédit, une sensualité surprenante. Elle n'a pas encore publié de livre, mais ses poèmes paraissent dans des revues, poèmes qu'elle signe de trois étoiles. Bientôt, elle écrira un premier roman et se choisira un pseudonyme pour se démarquer de son poète de père, José Maria de Heredia, et de son futur mari, homme de lettres, un pseudonyme masculin, où elle transforme le nom de sa grand-mère paternelle : Gérard d'Houville. En attendant, Marie est amoureuse. D'un poète qui est un dandy, d'un poète qui est aussi drôle qu'érudit, provocant que charnel. Elle l'effleure sans cesse, cherche son regard, l'espère, l'attend. Elle voit bien que les prétendants se pressent, que sa mère fait les comptes, que le père joue trop, que les caisses sont vides. Elle sent venir l'heure du mariage, l'heure de changer de maison. Elle a choisi Pierre Louÿs, et balise le terrain pour le faire venir à elle, qu'il ose enfin : poser un baiser sur ses lèvres, tenir sa main, caresser la courbe de ses fesses, et commettre l'irréparable pour qu'enfin il demande sa main. Louÿs qui tient son « Catalogue raisonné des femmes avec qui j'ai couché », écume le Quartier latin, adore la chair des femmes, s'enthousiasme pour le détail, des poils, des aisselles, des pieds, des cheveux, des bras, des lèvres, il ne laisse rien en friche, l'histoire de l'épilation le passionne, tout autant que les vulves célèbres, l'érotisme est partout dans le corps des femmes, la chair féminine est célébrée sans hiérarchie, de l'obscurité à la lumière. Il ne veut rien oublier et craint de ne plus se souvenir, alors il compulse les femmes qui passent dans son lit : « Juin 1891. Gare d'Austerlitz. Cheveux châtains assez courts. Yeux sournois. Joli corps. Très jolis seins. Con étroit », « Novembre 1892. Quartier latin. Cheveux noirs en chignon. Yeux légèrement bridés. Fesses imposantes ». Marie a-t-elle entendu parler de ce catalogue et de sa précision anthropométrique ? Marie imagine-t-elle ce que Louÿs aura à dire sur son anatomie d'amoureuse ? Marie est une reine, une perfection ! Elle est idéalisée, ne s'aborde pas comme une fille. Alors quand elle insiste pour qu'il l'emmène passer une soirée chez Maxim's, il panique : le demi-monde et le monde s'y côtoient allègrement, mais les femmes du monde n'y mettent les pieds que mariées – et encore, à des heures autorisées. Marie espère que dans ce lieu de décadence Pierre Louÿs osera enfin. Il refuse, elle insiste, il succombe. Il l'attend en pleine nuit, alors que la maison est endormie, elle sort, légère, excitée. Il la craint déjà. Dans le fiacre, il maintient la distance, froideur d'amoureux. Il l'amuse : voilà l'homme aux huit cents femmes qui se recroqueville devant elle ! Elle ne doute plus : avant la fin de la nuit, il sera à elle ! Chez Maxim's, elle est bouche bée : Cléo de Mérode y fait une entrée spectaculaire, ses longs cheveux couvrant ses épaules dénudées juste ce que la morale approuve, Liane de Pougy est souveraine, comme on le lui avait raconté, hautaine, méprisante, ondulant, inspirant ce frisson perceptible, même à Marie, dû à l'excitation craintive de son légendaire martinet. Marie aurait aimé être installée à cette table en vue, juste devant, pour les observer de plus près, mais Louÿs dont les yeux roulent dans tous les sens, priant pour que nulle connaissance ne vienne, a choisi d'être caché aux regards. Il lui faudra traîner Marie dehors, elle veut encore boire du champagne et se saouler des rires de femmes libres, de les voir vivre sans crainte d'être perdues – « mais elles sont déjà perdues ! » pense Pierre Louÿs qui ne dit rien, car s'il réprouve la bienséance puritaine, il ne peut compromettre la fille de l'auteur des *Trophées* dont il est un fervent admirateur. Louÿs souffre en silence : ces deux mondes en présence l'affolent. Les petites femmes et Marie, la chair et l'idéal. Enfin, il parvient à l'emmener vers la sortie, le fiacre, la maison parentale. Il ne l'approche pas davantage, elle sourit. La nuit sera pleine d'elle et de lui. Chacun serrant contre son cœur ce qui aurait pu être, ce qui sera, ce qu'est l'absolu, ce qu'est le désir, où se niche l'idéal. Pourquoi n'ose-t-il pas ? Pourquoi veut-elle ? Elle est certaine, il est si plein de doute : l'Amour peut-il s'abaisser à hauteur de chair ?

Marie a choisi, il lui faut Louÿs, davantage encore après l'expédition chez Maxim's, sa réserve, sa crainte de rencontrer des amis, son incapacité à tenir son regard trop longtemps. Surtout, Louÿs déménage, il quitte la rue Grétry pour la rue Chateaubriand, où de son salon il peut voir la chambre de Marie, et lui propose de venir voir son nouvel appartement… en oubliant de fixer une date. Marie se promène devant ses fenêtres espérant une réaction matrimoniale de Louÿs, peine perdue, il se faufile tout en la poursuivant de son regard d'amoureux surpris par la violence de son sentiment, caché dans son logis, épiant l'amour, lui qui ne connaît encore que le désir. Et quel désir ! Insatiable, inspirant, aussi pur que brutal, élevé au rang d'esthétique à part entière, débusquant dans chaque mouvement du corps féminin, sous chaque parcelle de peau, dans n'importe quelle situation, une Beauté, une équivoque, une peinture précise, sans concession et pourtant si poétique, de la nature humaine, tout en entretenant la distance à travers l'ironie, la vulgarité, la description anatomique, le violent refus de la pudeur, des simagrées sociales, une plume au service d'un intime qui révèle quelque chose de la civilisation. Louÿs est le plus grand et le plus prolifique des écrivains érotiques.

(Au commencement Forough ne dit rien. Elle écoute, éberluée, retrouvant une innocence d'enfance avec « les contes de la Tortue » – elle commence une nouvelle restée inachevée portant ce titre. Le récit-vie de Marie efface les traces d'expérience qui creusent le visage de Forough. Elle renaît à travers Marie, retrouve quelques heures la légèreté qui devrait être celle d'une jeune femme de vingt et un ans qui espère rencontrer l'amour sans perdre au jeu de la vie. Puis, Forough intervient de plus en plus, interroge, ne comprend pas, demande à la Tortue de revenir en arrière, s'incruste dans le récit, proteste, participe. Plus elle lit les œuvres de Pierre Louÿs, et plus elle s'autorise à interrompre Cyrus. Au commencement, la Tortue prépare ses séances comme un spectacle, il écrit une trame, liste les événements, les dates, anticipe les réactions de Forough, ménage le suspense, imagine s'interrompre là pour caresser ses seins, reprendre ici, quand terrassée par l'amour physique, elle sera incapable de couper son récit. Forough, en s'investissant dans la narration, perturbe le plan, désarçonne le conteur, casse la linéarité. La Tortue s'adapte, improvise, revient en arrière puis fait un bond en avant, pour maintenir l'intérêt de son auditoire, pour qu'elle revienne encore. Il ne sait jamais si elle va revenir, il fait tout pour la retenir. Si le récit est d'abord parfaitement inscrit dans les clous du temps, très vite, les interrogations perturbatrices de Forough, ses impatiences, le forcent à égrener le futur dans le présent du récit, à glisser, là Zohra, qui n'est pas encore apparue, ici Debussy que Pierre n'a pas encore rencontré, espérant qu'elle revienne découvrir la suite. Il ne sait pas encore qu'il est à la meilleure des écoles : ces douze années passées à raconter la Belle Époque de Marie et Pierre à la plus grande des poètes contemporaines le formeront à son futur métier de professeur, le modèleront intellectuellement, le dessineront sensuellement. Mais l'amant, amoureux fou, est trop absorbé à observer Forough s'épanouir dans le secret de leur deuxième étage de la vieille maison restaurée du nord de Téhéran, puis retomber dans ses mélancolies dès qu'elle rejoint ce qu'elle appelle le monde broyeur qui ne connaît rien à l'Amour.)

Les personnages sont en place, les trois coups résonnent, le vaudeville s'annonce aussi léger que tragique. Drame en cinq actes où les destins des personnages se jouent en toute inconscience, les seconds rôles s'apprêtent à faire leurs débuts sur scène, Paris à accueillir une nouvelle salve de scandale, la Belle Époque n'a jamais aussi bien porté son nom, la guerre est encore loin, la garçonne patiente en coulisse en admirant le culot et l'espièglerie de

de devoir accorder la main de sa fille préférée à un Henri si compassé, si rigide, alors qu'il voit bien, lui, que Marie est faite du même bois que Pierre. Justement, Pierre revient d'Égypte, où son frère est ambassadeur, muni de son accord, et découvre, alors qu'il s'apprête à chercher Henri pour se présenter devant Marie, un télégramme : « Ai fait ma demande. Suis agréé. » Pierre Louÿs se précipite chez Henri, il l'agonit d'insultes, il est l'ami qui a trahi sa parole, qui a détruit, volontairement, son avenir. Le pendu ne répond rien, droit comme un I, il attend que l'orage passe. Il passera.

Acte III. Marie pleure. Elle doit épouser Henri pour sauver son père. Comment faire autrement ? Conflit de loyauté. Elle ne quitte plus sa chambre. José Maria est là, la tête collée à la porte, il écoute ses sanglots, désespère de ses silences, culpabilise, pour la première fois de sa vie, d'avoir laissé son vice entraver le destin de sa fille. La mère s'en fout, la mère fait les comptes. Père et fille se consolent du regard, elle ne lui en veut pas, elle en veut à sa mère. Elle sait que le père lui aurait laissé Louÿs et tant pis pour les dettes… mais il y a deux filles encore à marier, sans dot, impossible de rajouter à cela l'opprobre de la banqueroute. L'honneur se négocie au bas des contrats matrimoniaux.

Pierre Louÿs, au désespoir, écume le Quartier latin avec son ami Jean de Tinan, mais la chair est triste, les petites femmes de Paris manquent cruellement de saveur, Marie l'obsède. Il écrit une lettre à José Maria de Heredia, il se déclare trop tard, mais tient à signifier au père, qu'il admire, l'amour qu'il a pour sa fille : « Monsieur, j'adorais votre fille Marie. Je ne lui ai jamais dit. Depuis trois ans, je rêvais de l'épouser le jour où le succès m'aurait permis de lui offrir autre chose que la bourse d'un jeune homme pauvre et un nom inconnu. Je sais aujourd'hui que j'ai été devancé : je n'ai plus rien à espérer. Pardonnez-moi seulement si je n'ai plus le courage de revenir dans une maison où j'ai toujours été si affectueusement reçu et où je ne pourrais plus reparaître sans pleurer. »

José Maria est touché, il se présente chez Louÿs, ils échangent sur tout sauf sur le futur mariage de Marie. Avant de partir, il lui offre six pipes en merisier, Louÿs en reste abasourdi, « une visite qui se termine ainsi, c'est énorme, mais que veux-tu, il n'y a pas moyen de lui en vouloir de rien ! », comme il l'écrit à son frère.

Marie refuse de quitter sa chambre, les fleurs que fait envoyer Henri s'entassent pour mourir dans la vaste entrée de la rue Balzac, ses lettres demeurent closes entre les mains de la fiancée qui refuse les dîners, les sorties, les Canaques. Le silence de Pierre l'enfonce dans les abysses où elle se complaît à découvrir des émotions jusqu'alors inédites. À vingt ans, aimée et admirée depuis l'enfance, chérie par un père qui partage sa peine, sans pourtant la libérer de ses chaînes filiales en trouvant un moyen de rembourser ses dettes, par un travail – vaste blague ! –, un emprunt – et l'honneur dans tout ça ! – ou un poste quelconque dans une prestigieuse institution – mendier une situation ! Quelle déchéance ! –, Marie découvre l'existence de limites en même temps que la fulgurance de la souffrance morale et physique, son jeûne aiguise ses appétits, son esprit n'a jamais été aussi vif. Le bonheur la comblait, la souffrance l'inspire et lui fait entrevoir la puissance de sa volonté capable de faire plier le monde à la mesure de ses désirs. Elle se tourne vers l'homme de sa vie, José Maria, pour qui elle sacrifie son avenir de femme, elle lui demande si Louÿs l'a contacté. Il lui tend la lettre. Marie, qui ne prendra jamais trop longtemps le malheur au sérieux, bombarde son père de questions. Il n'a jamais su dire « non » à sa fille préférée et lui apprend l'existence du pacte que Régnier a rompu et que Louÿs a subi. Le silence s'installe, le père et la fille savent qu'il est trop tard – José Maria de Heredia lui aurait-il appris l'existence du pacte trahi avant que Régnier ait commencé à régler les dettes ? –, José Maria se console en se convainquant qu'Henri adore sa fille au point de la laisser libre de ses amants, et Marie élabore un plan pour honorer et sa promesse de mariage et sa promesse d'amour.

Si la mélancolie l'accompagne tout cet été-là, alors que Régnier les rejoint dans leur villégiature normande, Marie laisse dire, la langueur de la fiancée est propice au bonheur du ménage, Marie laisse dire, elle est pleine d'attente, nul n'a besoin de connaître l'objet de sa passion. Henri se laisse-t-il prendre ? A-t-il espéré un instant avoir conquis un peu, rien qu'un peu de l'affection de Marie ? Il souhaite de Marie autre chose que cette franche camaraderie, cette complicité de confrères, cet humour en commun, cette certitude d'être du même camp, de la même classe, de partager la même esthétique du monde et ce savoir-tenir ses émotions en laisse. Elle n'a pas fait une mauvaise affaire : Henri est un compagnon parfait. Mais il n'est pas Pierre Louÿs, il n'est pas l'amant. De cela elle est certaine. Marie joue la langueur et son monde lui fout une paix royale. Elle écrit. Seul son père observe sa fille presque en espérant qu'elle n'ait pas abandonné Louÿs, il craint de voir son inspiration se dessécher, il craint pour sa descendance poétique. Mais Marie est trop butée, il voit bien qu'elle se promène comme un général menant ses troupes, qu'elle décide du tempo de l'attaque, du nombre de fantassins mobilisés. Il se console de son vice en espérant un destin grandiose pour sa fille, mise à l'abri du besoin et, surtout, de sa voracité incontrôlable au jeu. Mais Marie n'en a pas fini avec le vice de son cher père, elle paiera pour effacer des dettes encore longtemps.

Acte IV. Septembre. De retour à Paris. Marie, à peine arrivée, s'en va. Elle n'a plus besoin de se justifier, elle est fiancée, déjà libre. Elle se promène au bois de Boulogne, on le lui a interdit seule, mais elle ne se lasse pas du spectacle des demi-mondaines, elle salue Natalie Clifford Barney, pas encore à la tête de l'immense fortune paternelle, mais déjà folle amoureuse de Liane de Pougy. Elles échangent deux mots quand passent Colette et ses chiens, les figeant, comme à chaque fois : « Nous ne trouvions à aucune le regard aussi beau qu'à Colette », constate Natalie. Marie est fascinée par la jeune femme qui sent déjà le soufre. Certaine de trouver Louÿs chez lui, elle s'y rend. Il ouvre la porte, elle entre sans hésiter. Il n'est pas assis, qu'elle est déjà installée dans un fauteuil. Elle lui demande si le pacte entre lui et Régnier est vrai. Il confirme. Elle se lève et déboutonne sa blouse : « Puisqu'il en est ainsi, je me suis promis de me donner à vous le premier. » Tout un monde passe devant le regard de Pierre Louÿs, il l'aime, mais il ne peut pas. « Comment le premier, le premier et le dernier n'est-ce pas, si vous êtes ici, vous venez pour rester ! », Marie cesse son effeuillage : « C'est impossible, vous le savez bien. » Il sait ô combien qu'il n'a pas les moyens du vice de son beau-père... Louÿs n'a jamais été aussi sûr de lui, il résiste à Marie à moitié dévêtue, il résiste et la met à la porte, sans regret mais non sans un pincement au cœur : « Je vous aime Marie, de toutes mes forces, pour faire de vous ma femme, pas pour faire de vous ma maîtresse. Je ne peux pas. »

Sur le trottoir, Marie est folle de rage. Elle se rend chez Henri, et sans préliminaire elle lui lance : « Nous nous marierons comme prévu. Le plus tôt sera d'ailleurs le mieux. Mais comme vous avez fait de notre mariage une affaire, je ne serai votre femme que de nom. Je vous appartiendrai le jour que je fixerai. Est-ce clair ? C'est un marché qu'à mon tour je vous propose. Si vous acceptez, les apparences pour vous comme pour moi seront ainsi sauvegardées. Êtes-vous d'accord ? D'ailleurs je n'ai pas besoin de vous le demander. Vous approuvez, n'est-ce pas ? » Et Henri de Régnier, en rajustant son monocle, opine, terrassé par Marie, incapable de résister, de contredire celle dont il acceptera les maîtresses et les amants, les absences et les colères. S'il l'aime tant, c'est qu'elle ne ressemble à aucune autre, s'il l'aime, c'est pour sa liberté. Ainsi, Henri de Régnier acquiesce. « Vivre avilit », écrira-t-il quelques années plus tard.

Marie de Heredia épouse Henri de Régnier le 17 octobre 1895 à Saint-Philippe-du-Roule. Pierre Louÿs est absent. Edmond de Goncourt raille le mariage : « Une église pleine de monde, comme pour le mariage d'un personnage officiel. La mariée n'est pas jolie, des cheveux de nègresse, et sans voile, et costumée en mariée du fandango. C'est curieux, ces noces si retentissantes, au public d'une première, ça éveille chez moi l'idée d'un prochain divorce. »

Acte V. La lune de miel a pour décor Versailles. Marie s'ennuie. Tout Paris le sait, elle s'est chargée de répandre son humeur maussade pour chatouiller les oreilles de Louÿs.

Elle espère son amour assez fou pour tenir jusqu'à son retour où elle parviendra à le convaincre d'être son amant. Son unique. En attendant, elle fait semblant de s'ennuyer avec Henri. Ils s'entendent aussi bien que lors des sessions de l'Académie canaque. Ils échangent, rient, se tiennent la main, écrivent à quatre mains, s'amusent des autres vacanciers. Mais la chair est absente.

Louÿs fait semblant d'être un célibataire heureux, un poète inspiré, un romancier au travail. Il ne dit rien à ses proches, mais écrit à son frère s'être offert une bicyclette. Puis annonce adorer rouler de nuit. Enfin, il avoue : la nuit de noces de Marie, il l'a passée sous la pluie, devant l'hôtel des jeunes mariés à Versailles. Il souffre sous sa fenêtre, il n'espère plus rien, il a un roman à finir. Il rentre piteux à Paris, manque de se casser une jambe. Il s'attelle à achever ce roman qu'il ne cesse de réécrire, ce roman qu'il écrit entre deux poèmes et trois soupirs. Ce sera *Aphrodite*. Un immense succès qui surprend Louÿs, mais comble son orgueil comme son compte en banque. Aphrodite est la femme idéale qui ne peut qu'inspirer l'Absolu, elle est la définition même de la Beauté : « La perfection grecque auréolée de la grâce orientale », mais perd son envoûtant pouvoir lorsqu'elle descend de son piédestal vers un banal lit. La passion s'effrite au contact de la réalité. La nudité magistrale d'Aphrodite ne tient plus à l'horizontale. Marie en est l'inspiratrice.

Fin de la première partie. Trois personnages souffrent de frustrations, des carcans sociaux, de sacrifices. Trois personnages acceptent pourtant la réalité.

Trois ? Non, Marie n'a pas dit son dernier mot. Elle a l'intention de la tordre, cette réalité qui lui résiste. Le bonheur est un choix, se répète-t-elle. *Le bonheur est à ma mesure.* Fille de son père ne s'avoue jamais vaincue.

Téhéran, 1956-1957

Combien de fois Forough se raconte-t-elle Marie ? Surtout la Marie des variations matrimoniales, celle qui honore l'amour filial sans sacrifier à l'Amour charnel. Forough échange exclusivement avec la Tortue, préservant Marie pour elle seule, refusant que quiconque ose émettre sa désapprobation ou un doute sur la réalité de son histoire. Forough découvre Marie l'année de son divorce, quand elle n'est plus que la honte familiale (elle n'a pas encore raconté à la Tortue comment et pourquoi ce divorce a eu lieu, lui n'ose pas encore l'interroger, il attend qu'elle se livre, ce qui est impossible dans l'immédiat, leur relation est trop fragile). Elle a déjà publié son premier recueil, *La Captive*, et le divorce ne fait qu'aggraver sa mauvaise réputation. Forough interroge sans cesse Cyrus : « Comment ai-je pu me tromper à ce point sur Parviz ? Pourquoi n'ai-je pas rencontré mon Henri ? » La Tortue essaye bien de répondre les premières fois, de la consoler, avec des banalités d'abord, puis s'enhardit, après le sexe, à se proposer comme son Henri et son Pierre en même temps. Mais c'est inutile : Forough est en convalescence, elle n'a besoin que d'une oreille pour l'écouter et d'un corps pour lui faire oublier, elle ne parvient pas à humaniser Cyrus, à lui imaginer une place dans sa réalité, il est trop lié à la nuit, au secret, à l'onirisme, au conte, à un monde parallèle où elle s'épanouit. La Tortue, impuissant, l'aime, accepte qu'elle sonne à sa porte, se jette sur lui, s'épuise dans ses bras, puis réclame sa dose de Marie et Pierre, sa dose hebdomadaire de Paris. Puis elle rentre, parfois glorieuse, souvent vaincue, chez elle, ou chez ses parents quand la solitude lui pèse trop, et se fantasme en Marie. Forough ne se rend pas compte du troc qu'elle installe avec la Tortue : il lui conte Marie, elle se raconte en échange. Il lui offre chaque semaine, parfois plusieurs fois par semaine, des traductions, elle fait de lui son premier lecteur, tressant, sous le coup de la frustration d'une vie qu'elle ne peut vivre pleinement, une œuvre unique et charnelle.

La Tortue est l'unique personne à connaître en détail la vie de Forough qu'elle n'a jamais racontée à personne, ni à ses sœurs Pouran et Gloria dont elle se pensait si proche, ni à son frère cadet adoré, Fereydoun, comment elle est tombée amoureuse de Parviz, comme si elle sentait que seul un lecteur de Louÿs, un Iranien dénaturé, pouvait comprendre quelque chose à l'Amour. Car tout a débuté avec l'Amour. La Tortue dresse l'oreille. L'histoire de Forough commence.

Elle était tombée amoureuse d'un cousin de sa mère, un homme de vingt-six ans alors qu'elle n'en avait que quinze et demi. Parviz Chapour, étudiant en sciences économiques, bientôt fonctionnaire au ministère des Finances, mais surtout fondateur d'une école originale d'écriture et de dessin humoristique qu'Ahmad Shamlou, poète de son état, grand de sa réputation, nomme la *cariclamature*, combinaison du mot caricature et du mot persan *Kalâm* (parole). Pas tout à fait un poète mais un intellectuel plein d'esprit, Parviz, un homme capable d'écrire : « Je continue de vivre pour éviter les frais du suicide », « je dois mon ombre au soleil », ou encore « l'accumulation des murmures fait un cri », mais aussi « aucun criminel n'a autant à voir avec le sang que mon cœur », le tout accompagné de dessins naïvement schématiques et puissamment expressifs. Il y a de la légèreté dans ses cariclamatures, une ironie salvatrice dans le pays du drame qu'est l'Iran – le concept de Drama Queen y est né, entre deux frustrations, trois tragédies, quelques trahisons, et beaucoup d'exagérations. Forough l'a pourtant choisi, cet homme fin qu'elle place sur l'autel de la Raison et de la Liberté. Alors où cela avait-il dégénéré ? L'Iran de ces années-là est le règne de l'impossible. Impossible de marcher main dans la main, impossible de se retrouver dans un café, partager une glace est le signe d'une mauvaise vie, accepter le rendez-vous d'un homme après la chute du jour est un aveu de prostitution. Forough ne peut nourrir son amour que de rendez-vous furtifs, de rencontres faussement hasardeuses minutieusement préparées, de visites à la famille où ils sont certains de se croiser à défaut de se retrouver. Mais elle possède déjà les mots, les pulsations qui dessinent la violence de son sentiment, elle se déverse dans ses lettres, pleine d'absolu, elle a choisi, il lui est impossible de reculer. Faire un choix l'a déjà libérée, elle se sent capable de faire davantage, et parce qu'elle ne voit pas ce qu'il peut y avoir de mal dans l'Amour, elle argumente, raisonne et apparaît finalement comme totalement déconnectée de la réalité de la société iranienne. La Tortue ne parvient jamais tout à fait à lui faire saisir cette réalité : le décalage entre sa personnalité et son environnement. Quand elle raconte à Cyrus ce jour où elle proposa à Parviz de partir en week-end, il en est assommé : comment a-elle pu imaginer qu'il puisse dire oui ? Il ne doit même pas savoir ce qu'est un week-end ! Forough en fait une nouvelle, où un couple illégitime, car non marié, part au bord de la mer et devient l'objet de toutes les médisances qui vont jusqu'à la haine. Tout y est inventé, c'est un fantasme de Forough, ce qu'elle aurait voulu vivre avec Parviz avant le mariage, tout y est faux, sauf un échange qu'ils ont eu le jour où elle l'a convaincu de lui faire l'amour, dans sa chambre chez ses parents, alors que le mariage n'était pas encore certain, mais presque : « Ne crois-tu pas que tu t'es fait avoir ? Il me posait la question et me regardait, plongé dans ses pensées, et je me disais : Quelle déception ? Que lui ai-je donné ? Que m'a-t-il pris ? Dans quelles circonstances serais-je considérée comme bernée ? »

Bernée, elle sait qu'elle l'a été après son divorce en 1955. En comparant sa vie à celle de Marie, Forough trouve d'abord une raison supplémentaire à sa haine d'elle-même. Elle se remémore jusqu'à la nausée ce qu'avait été son combat pour épouser un homme qui se révéla pire que son père, une suite ininterrompue de négociations spectaculaires pour une jeune fille de quinze ans et demi qui n'avait rien d'innocent : mon père voudrait que, ma mère espère que, tu devrais faire un emprunt à la banque, les chandeliers sont indispensables au mariage, mon père n'a pas aimé le ton de ta dernière lettre, ma mère a changé d'avis, ta mère ne m'aime pas, elle nous refuse le tapis et que faire du douaire ? Il lui fallait négocier avec Parviz aussi, qui hésite, se défile, trouve des excuses : « Hier soir, quand je vous ai demandé pourquoi vous ne vouliez pas accepter la condition de mon père, vous avez répondu "parce que j'ai confiance en moi et je sais que je ne me séparerai jamais de ma femme, et en plus cette condition est la preuve de votre absence de confiance en moi". (...) Mais aujourd'hui en réponse à mon père qui vous a demandé pourquoi vous ne vouliez pas augmenter le montant du douaire vous écrivez : "Parce que si un jour je décide de me séparer de ma femme, je dois pouvoir le faire." » Forough parle d'amour, Parviz répond contrat, argent, divorce, répudiation. La parade nuptiale est un chemin de croix à l'image de cette lettre, lourde, pesante, aussi éloignée que possible de l'instantanéité du désir. Forough ne veut pas entendre parler d'argent, il veut pouvoir se débarrasser d'elle sans être entravé par des soucis pécuniaires. Elle se souvient encore d'une lettre qu'elle lui avait écrite et à laquelle il n'avait jamais répondu, un aveu qui était comme une supplique, disant ses besoins et ses attentes : « Sais-tu ce que je te demande ?... Une grande tendresse, un amour riche, une affection composée d'autres affections. Je veux que tu compenses mes privations dans la vie avec ton affection. En ton affection, je cherche l'amour de mes parents. Je veux que tu sois mon amant mais aussi comme un père mon guide, comme une mère ma confidente et comme une sœur ma consolatrice. »

La Tortue tressaille quand elle lui dit ces mots écrits pour un autre : il aurait sacrifié sa vie tout entière pour entendre Forough lui réclamer cet amour absolu. Il se console en la consolant, en lui faisant l'amour chaque fois qu'il la sent partir vers ses démons. Il l'écoutera jusqu'à son dernier jour, et il la lit avec un respect qu'aucun homme n'a jamais éprouvé pour ses poèmes. Finalement, Forough a trouvé son Henri, mais aveuglée par son désespoir, elle ne le sut jamais.

Cyrus comprend que le 14 septembre 1951, le jour du mariage de Forough alors âgée de seize ans, fut celui de sa défaite. Comment cela aurait-il pu être autrement avec un homme qui lui a écrit trois mois avant le mariage : « Je te considère comme une fille de valeur, mais en principe je n'ai pas une bonne opinion du sexe opposé. Je ne peux pas croire que l'on puisse trouver une quelconque vérité chez vous et si on la trouve, je suis certain qu'elle sera très insignifiante et de peu de valeur. Car ce que la vie m'a enseigné et ce que l'expérience m'a confirmé, attestent entièrement de la justesse de ma prétention. Par exemple, je considère qu'il y a une grande différence entre "mon bien-aimé" que tu emploies et celui que j'utilise. L'un est proche de la vérité et l'autre loin. » Cet homme est incapable de combler qui que ce soit ! Sauf peut-être un veau avide d'enfants et de respectabilité, n'entendant rien à l'intimité. Forough et Parviz s'installent à Ahwaz dans le sud de l'Iran. Forough écrit. Elle fait l'amour. Baise. Découvre petit à petit qu'il ne sera pas à la hauteur. Se noie encore. Se relève par la chair. Écrit. Découvre les abîmes. Tombe enceinte. D'un fils et d'un livre. La Tortue prend conscience qu'il n'y a qu'un unique acte dans la première vie de Forough – au contraire de Marie. Le pays de la poésie manque cruellement d'imagination dans la vraie vie. L'acte I s'éternise jusqu'à épuisement des protagonistes. La Tortue, en équilibre entre l'Orient et l'Occident, fait le lien, comprend ce qu'il ne peut expliquer à Forough. Il tentera de l'expliquer à ses élèves quand il deviendra professeur, ce gouffre entre Orient et Occident, ses récits contradictoires, ses désirs d'émancipations et ses volontés de soumission, ce conflit entre deux visions opposées de l'homme et surtout de la femme, cette impossibilité de les regarder en égaux, cette peur primale, jamais guérie, du sexe mystérieux et béant des femmes, mais rares seront ceux qui le comprendront. Il aura grande réputation, car considéré comme hermétique. Il en sourira toujours – ce sourire qui à travers le temps et la mort ne s'adressera jamais qu'à Forough.

Le monde arabo-musulman ne possède qu'un unique livret dramatique et il est persan : le Tazieh raconte le martyre des fils d'Ali, gendre du Prophète, mari de Fatima, père de Hossein et Hussein. Le Tazieh narre avec force détails comment Hussein a perdu, comment lui et ses troupes se battaient contre ceux qui deviendront les sunnites, combien il a souffert, combien le martyre fut long – très long. Avant de débuter le spectacle, les comédiens du Tazieh s'avancent sur scène et annoncent qu'ils ne sont pas les personnages qu'ils incarnent, mais qu'ils n'en sont pas non plus les interprètes. Ils sont les marionnettes du passé, ils se contentent de reproduire les gestes de Hussein et de ses derniers soutiens. Ainsi naquit le shiisme, ainsi mourut l'art. La première vie de Forough la mène au mariage et à une première mort.

Elle a dix-sept ans et, fulgurante, la vérité s'impose à elle, définitive : seule la poésie la comblera. Mais aussi : exercer un art n'est qu'un aveu d'échec. L'art viendra prendre la place à jamais vacante de l'amour. L'amour dont l'ont privée le père, la mère, les mentalités, ce qui se fait ce qui ne se fait pas, l'amour ne sera jamais compensé par un homme. Jamais. La poésie, la création retardent seulement l'instant du manque. Il arrive forcément, rampant, foudroyant. La mort s'installe. « Elle a commencé à écrire des poèmes à l'âge de seize ans. Je crois qu'en même temps elle s'est approchée de plus en plus de la mort. Une fois qu'elle a été morte, elle est née de nouveau. » Fereydoun, ce jeune frère plus libre qu'elle encore, peut seul la comprendre, lui qui frôle la mort comme un jeu.

Paris, 1896-1897

Marie se concentre sur la vie pratique, quotidienne, faite de bonheur, qui échappe sans cesse à Forough. L'une sait qu'elle est faite pour l'amour, l'autre s'interroge sans fin sur sa capacité à être aimée. L'une se bat pour conquérir ce qui lui résiste (un homme, un roman, un voyage, un salaire régulier), l'autre ne comprend pas que la résistance n'est pas en elle, mais dans le monde qui l'entoure. Marie prend la juste température de son temps et se glisse dans les interstices de l'avenir en osant chaque jour un peu plus, Forough est en décalage total avec ses contemporains, son tempérament, son attitude, sa poésie, tout en elle est trop en avance, trop révolutionnaire. Marie aborde la vie avec une légèreté née de sa confiance en elle-même, le hasard n'a de sens que s'il est au service de son bonheur et si elle se languit de Louÿs, elle sait combler l'attente, faisant en sorte de tordre le cou aux impossibles. Louÿs refuse un dîner chez les Heredia car malade ? Elle envoie son père prendre des nouvelles… Louÿs est débordé ?

Elle envoie Henri en être certain. Car Pierre la fuit. Il n'est pas seulement blessé dans son orgueil, il est persuadé que Marie est « une enfant primesautière et bonne, je crois que cette définition-là explique tout son caractère. Il serait possible qu'elle eût répondu oui tout de suite, par le même sentiment qui l'a fait courir derrière moi. Elle a toujours dit oui tout de suite à tout ce qu'on lui a proposé ». Dans les lettres à son frère Georges, à chaque phrase, il justifie son absence d'amour et de désir par la légèreté de Marie, son inconstance, ses gamineries, ses gestes qui le cherchent, lui, qui fièrement se dérobe. Il ne se doute pas qu'il est déjà pris dans l'amour de Marie, car pour la fuir, il faut bien la côtoyer, laisser son pied frôler le sien avant de se retirer nerveusement. Il retrouve l'amitié d'Henri qui s'en réjouit – avec la glaçante distance qui lui est propre.

Marie n'a pas de temps à perdre, elle assiège Louÿs, mais n'envisage pas de renoncer à la vie. Le désespoir n'est qu'un cœur vide, Marie n'a jamais permis la marée basse des sentiments. Le théâtre, l'Opéra, la lecture, passions qu'elle partage avec Henri qui se révèle être un parfait compagnon de vie, sa famille – elle ne manque jamais le dîner hebdomadaire chez ses parents –, mais surtout les salons ne laissent pas de répit à une mélancolie que Marie tient aussi éloignée que possible.

Marie et Henri sont assidus dans le salon de Mme Bulteau (leur confidente à tous deux, la seule au fait de l'intimité du couple) qui signe déjà ses romans sous le nom de Jacques Vontade, ses chroniques dans *Le Gaulois* du pseudonyme de Foemina, elle est Toche pour Marie, Henri et quelques intimes. Mme Bulteau tient ce qu'Henri appelle un « salon viril », autrement dit, elle fait partie des lesbiennes qui tiennent le haut du pavé parisien culturel et politique. Compagne discrète et infidèle de la comtesse Isabelle de La Baume-Pluvinel, Mme Bulteau vit une passion intermittente avec l'écrivain Vernon Lee, et assume son mantra, inspiré de Nietzsche : « L'homme est une chose qui doit être surmontée », jusqu'à sa mort en 1922, son boudoir étant demeuré le confessionnal préféré de la jeunesse littéraire et journalistique. Marie se confie à Toche sans rien lui cacher, sans craindre les médisances. Une Toche aurait été si précieuse à Forough ! Mais en Orient la confidence n'existe pas, tant elle peut se retourner contre vous. Peut-être que la mère de Forough lui a offert une « pierre de patience » enfant, cette banale pierre conservée dans un écrin souvent luxueux à laquelle les femmes confient leurs secrets dans le silence de leur vie, certaines de ne pas voir leurs sentiments se répandre dans les rues et causer leur perte. Toche est la pierre de patience de Marie.

(Forough réclame des explications à Cyrus : comment ? Raconter sa vie, ses malheurs, ses dégoûts, ses amants, ses désespoirs à quelqu'un ? Quelqu'un qui a des oreilles et une langue ? Qui entend ? Enregistre ? Et pourrait raconter ? Quelqu'un qui soit un ami ?

Forough ne comprend pas le concept d'ami à l'occidentale. À l'orientale, un ami est quelqu'un qui est là, proche de votre quotidien mais sourd à votre désespoir. On ne se confie pas à un ami qui n'est jamais qu'un inconnu. On se confie à la limite à ses frères et sœurs. Et encore. Les sœurs de Forough, Pouran et Gloria, ne veulent très rapidement plus entendre, elles craignent la contagion du malheur, d'être dépositaires de ce qui pourrait les salir par ricochet. Forough aurait-elle écrit si franchement sa déception de sa sœur, sans avoir côtoyé la sincère affection qui liait Toche et Marie ? À défaut de pouvoir dire à Gloria, elle écrit pour Gloria, elle blesse Gloria et ne comprend pas qu'on puisse être blessé par la vérité.

Ma sœur qui aimait les fleurs
vit de l'autre côté de la ville.
Dans sa maison artificielle,
avec ses poissons rouges artificiels,
à l'abri de l'amour de son mari artificiel
et sous les branches des pommiers artificiels,
elle chante des chansons artificielles
et fait des enfants naturels.
Chaque fois qu'elle vient nous voir
et que les bouts de sa jupe sont souillés
par la misère du jardin,
elle prend un bain d'eau de Cologne.
Chaque fois qu'elle vient nous voir,
elle porte un enfant dans son ventre.

Les amitiés n'existent pas en Iran. Pour qu'une amitié vive, elle doit être nourrie de confidences. Forough se confie seulement à sa Tortue. Même Fereydoun n'a pas la primauté des secousses de son cœur et de son corps. La solitude des femmes orientales est un désastre civilisationnel. Forough, de plus en plus souvent, interrompt le récit de Cyrus, se lève, nue ou habillée, de jour ou de nuit, marche, allume une cigarette, se sert un verre, boit des gorgées d'eau, l'interroge, l'agresse presque. Il est devenu l'Occidental à ses yeux avant de l'être totalement. Elle pense qu'il a les clefs, lui sait ne pas les avoir encore mais, craignant de la perdre, répond avec assurance sans être certain, laissant ainsi le masque devenir peau, le jeu réalité, et l'Occident s'installer à domicile. Forough a l'intuition de ce qui ne va pas, mais la vie parisienne la confronte à la réalité de l'abîme entre Occident et Orient.

Jamais Forough ne s'est rendu compte que sa mère n'avait pas d'amis. Que sa méchanceté, son cœur froid sont nés de cette solitude, des soucis, des malheurs gardés en elle, ce qui la torture mais ne se formule pas et l'empoisonne. Les amis de sa mère ne sont pas des amis, ce sont des ennemis en devenir, des bouches jacassantes, des secrets honteux filant dans les rues, grandissant, prenant toute la place et contaminant non plus seulement la mère, mais la maisonnée, les enfants, le mari, la famille, tout le vivant. Sa mère n'a pas d'amis, Forough n'a pas d'amis. La Tortue ose : « Je suis là. » Elle le regarde, étonnée : « Ah ! oui. Tu es là. » Sans y croire. Un instant elle doute : « Il est là, il est tout, mais qui est-il pour moi ? » Elle revient vers lui, caressante, envoûtante, « raconte-moi encore ». (Cette phrase, injonction, ordre, supplique, est celle que Cyrus entendra le plus souvent de la bouche de Forough.) La Tortue se dit qu'il n'est pas le temps de raconter l'attente de Marie, la lutte séductrice de Marie pour reconquérir Pierre, il profite des premières années de mariage, des années saphiques pour promener Forough dans l'Orient de Marie, la dépayser, lui faire voir sa culture par d'autres yeux, quitte à casser le récit. Forough est trop sombre cette nuit, il cherche à la détourner de la mélancolie en l'emmenant au pays de Lesbos version orientale.)

Marie est assidue dans les salons virils. Dans l'immédiat, un seul homme nourrit son désir, elle voit dans le lesbianisme une répétition générale de ses amours hétérosexuels. Et le choix des amours saphiques est vaste dans le Paris fin de siècle. Elle pourrait succomber au sadomasochisme raffiné de Winnie. À ceux qui imaginent les rapports saphiques tels des épanchements d'adolescentes à demi nues où la tendresse est tout, passez votre chemin : Winnie et Liane de Pougy auraient fait dresser les cheveux sur la tête de bien des messieurs persuadés de leurs virilité dominante… La princesse de Polignac, née Winnaretta Singer, dite Winnie, a eu l'excellente idée d'épouser en secondes noces Edmond de Polignac, homosexuel notoire, qui lui offre l'épanouissement sans limite de ses deux passions : les femmes et la musique se côtoient dans son célèbre salon. Dans le salon de Winnie de Polignac, Claude Debussy interpréta *Les Chansons de Bilitis* de son ami Pierre Louÿs, sous le regard aussi noir qu'affamé de Marie ; Fauré et Ravel donnèrent la primeur de leurs œuvres pour la joie d'un monde qui ne se savait pas en sursis. Winnie flirte avec le danger sans jamais trébucher, à l'instar de Liane, l'une des trois grâces de Paris, l'une des courtisanes les plus riches d'Europe, demandée à Lisbonne, à Londres, à Munich ou à Saint-Pétersbourg, gracieuse, royale (elle finira princesse, puis bonne sœur, après avoir tout vécu, tout aimé, tout senti, tout assouvi) telle que décrite par Jean Cocteau : « Le poing sur la hanche, harnachée de perles, cuirassée de diamants, Liane de Pougy avançait parmi les tables de Maxim's avec l'indifférence des astres. Les hommes se levaient, la saluaient. Elle continuait sa route », route qui mène son désir dans le lit des femmes du monde. Avant de vivre sa grande et peut-être unique histoire d'amour avec la milliardaire américaine Natalie Clifford Barney, et d'immortaliser leur aventure dans son roman *Idylle saphique*, elle poursuit Marie de son regard autoritaire et de ses gestes inachevés qui renversent le cœur des hommes. Marie se laisse poursuivre, accepte les caresses fugitives, mais est-elle allée jusqu'au bout avec Liane ? N'a-t-elle pas écrit à Louÿs : « Si je voulais m'en donner la peine, je pourrais avoir plus de maîtresses que toi ? » Dans une lettre à sa Toche chérie, Marie s'amuse de l'aventure : « Une jolie dame de mauvaise vie qui poursuit la belle Marie de son amour équivoque et si triste que la belle en a parfois pitié. » La pitié l'a-t-elle menée jusqu'au lit de la diaphane à la cravache ? A-t-elle succombé à « la volupté des enlacements féminins, l'ardeur des caresses lesbiennes… la douceur dormante des baisers défendus, les réveils en fièvre, le désir de reprises folles… les morsures qui brûlent la peau, les lentes jouissances qui tuent, les cris, les spasmes, les deux amantes enamourées et éperdues ! On s'exténue, on se ranime, on se dévore – et l'on se tue, et l'on se plaint, et l'on se hait – mais on s'attire encore » si justement décrits par Liane ?

Toute sa vie durant, Marie connaîtra des amours lesbiens, qui la rassurent entre deux amants, mais qui la défient aussi, car s'estimant aussi virile qu'un homme, tout en étant profondément hétérosexuelle, elle joue à l'amour sans s'y brûler. Le lesbianisme est son repos et sa joute sociale. La redoutable Georgie Raoul-Duval remplit ses deux fonctions. Dans le Paris capitale des sans-morale, sans-religion, des excentriques et des métèques, l'Américaine a déjà connu le lit de Colette et Willy, l'un en parallèle de l'autre, puis l'un avec l'autre. Une fouteuse de merde, Georgie, une prédatrice qui se nourrit des couples brisés autant que de leurs corps. Remarquablement callipyge, boucles fauves et regard mobile inquiétant frangé de cils impressionnants, elle s'installe dans le lit et la vie de Marie. La perversité de Georgie, qui n'aime rien de plus que de manquer se faire surprendre, comme lorsqu'elle donnait rendez-vous à Willy et Colette à quelques minutes d'intervalle pour espérer qu'ils se croisent dans l'escalier, plonge Marie dans un état d'excitation permanent :

Vous avancez, lascive, et lasse, et chaude et moite.
Vous venez pour m'offrir d'étranges aromates
Dans la troublante odeur de vos cheveux si bruns.
Dans la coupe des seins doublement renversée,
Dans les flacons égaux de vos bras onduleux,
Pour enivrer mon rêve et pour troubler ma paix.

La paix, l'autre nom de l'ennui, le chemin de croix d'un corps en attente de caresses, le purgatoire de la femme vierge. Georgie est plus qu'un pis-aller : non seulement Marie la pique à Colette, mais elle est assez dangereuse pour pimenter sa vie. Marie sait les manigances de Georgie, sa joie de détruire des couples, mais elle connaît parfaitement son mari qui n'est pas dupe : Henri refuse le jeu à trois bandes de Georgie et évite soigneusement de devenir un clown supplémentaire dans son cirque. Il prévient les guets-apens, il louvoie avec le charme vénéneux de l'Américaine, puis accepte finalement une croisière en Méditerranée sur le yacht du duc Decazes, lui et Marie, Georgie et son mari René Raoul-Duval. Marie exulte : de Marseille à Alger, d'avril à juillet 1904, elle vogue sur les pas de Pierre Louÿs, elle se délecte de se nourrir des deux passions de Louÿs qui l'ont éloigné d'elle : les femmes et l'Orient. Si Henri a évité les pièges à Paris, Georgie découvre, ahurie, qu'il a développé une capacité pour le moins extraordinaire à regarder ailleurs, quand il s'agit des amours, des soupirs, des cris de Marie. Dans le salon de la princesse de Polignac ou coincé sur un yacht entre deux escales, jamais il ne perd sa dignité, ni ne laisse abîmer l'adoration qu'il a pour sa femme. Georgie s'énerve, Marie la baise, souveraine.

À travers cette croisière, Marie cherche à comprendre Louÿs, à se mesurer à son concurrent le plus définitif, l'Orient qui attire son amant, ses femmes aux corps souples et aux regards de braise, aux pas de danse hypnotiques qui peuplent l'imaginaire de Pierre. Elle y succombe à son tour, sans y opposer aucune résistance, en choisissant l'aventure.

Elle se passionne pour Damas où elle voudrait s'attarder et vit une aventure à Constantinople, qu'aurait adoré son amant, dans un des bordels les plus réputés de la ville. Charles Bargone, qui n'est pas encore Claude Farrère, futur lauréat du prix Goncourt, décide d'offrir aux deux couples « une classe de divertissement que les guides ignorent, en les entraînant dans une maison très spéciale où il obtient, à prix d'or, qu'une petite danseuse arménienne, étoile d'un grand théâtre turc, vînt danser. Elle le fait et tombe amoureuse de Marie de Régnier ». Claude Farrère aurait pu ajouter que lui aussi est tombé amoureux de Marie, passion qu'il racontera à Louÿs, alors mourant, pour le détourner de son tragique présent en l'entraînant vers le glorieux passé. Marie, fascinée par la danseuse arménienne qui ne danse que pour elle, la suit dans une des chambres de la maison très spéciale, sans que ni le mari, ni la maîtresse, ni qui que ce soit n'émette la moindre protestation. Georgie en désespoir de cause tente bien de séduire Henri qui se détourne ostensiblement.

Marie puisera dans ce long voyage de quoi écrire des poèmes qui racontent sa fascination et son corps retrouvé, sa peau vibrant au contact des mêmes effluves, des mêmes sons, des mêmes regards que Louÿs. Elle confond l'Orient et son premier Amour, le parfum agressivement capiteux de Georgie et l'odeur si particulière d'Alger, entre la mer et le cumin, elle tresse ses « turqueries », qui sont autant de mots d'un amour éteint envoyés à Louÿs.

(Forough éclate d'un rire possédé qui fait sursauter la Tortue : la sensualité de l'Orient, les promesses de volupté, la magie des brouillards de soleil, le mystère des voiles qui promettent les sueurs partagées. Vu de loin, l'Orient, embrasé par un regard d'Occidentale libérée, qui calque les vibrations de son corps échauffé par la Beauté et les mystères, le soleil et l'exotisme et transporte, avec quelques vers, ses émois sur une culture à peine effleurée, est aussi éloigné que possible de la réalité. Une prostituée de luxe, danseuse hors pair, star des bordels de la capitale ottomane, n'est pas l'Orient : elle en est la honte, la tragédie politico-religieuse à venir, le futur enfermement total des femmes, qui déjà pourrissent derrière les barrières de la morale. Il n'y a pas de demi-monde en Orient, il n'y a pas de marchepied vers l'autonomie, la pute ne côtoie pas la mère ; la femme sous voile n'est pas une promesse de chair, mais la certitude de l'oppression. Cyrus ne parvient pas à apaiser la froide colère de Forough, il argumente, cherche une échappatoire, se maudit d'avoir abandonné la chronologie ! Il faut autant de talent que d'argent, de culot que de relations pour briser les frontières étanches, elles sont rares les Rose El Youssef, si rares, mais elles existent ! Cyrus tente d'amadouer Forough en lui racontant Rose qui pourrait se confondre avec elle : si elle a existé, Forough existe aussi, une lignée est possible ! Rose, orpheline libanaise débarquée au Caire à la fin du XIXe siècle, actrice exceptionnelle, dont le premier rôle à quatorze ans fut celle d'une femme de quatre-vingts ans, institution des scènes égyptiennes, devenue riche mais pas respectée, crée un journal où se côtoient les intellectuels et les artistes pour prouver que ces derniers ne sont pas des putes et des gigolos drogués et inconséquents, pour introduire la caricature et le rire dans les hautes sphères de la pensée. En 1905, elle lance son hebdomadaire, qu'elle baptise de son propre nom. Le succès est total, *Rose El Youssef* se vend dans tout l'espace arabo-musulman ! Cyrus prend un abonnement à *Rose El Youssef* pour convaincre Forough de son ascendance, ce magazine d'intellos aimant l'art et la caricature, la philosophie et la politique et qui survit à la mort de Forough comme à celle de la Tortue. (Ce que ni l'un ni l'autre ne savent encore c'est que *Rose El Youssef* va publier de nombreux poèmes de Forough traduits en arabe et lui consacrer une double page après sa mort, la décrivant comme Cyrus décrit Rose à Forough : l'espoir du monde oriental, la possibilité de la modernité, l'avenir du Levant.)

Mais Forough continue de détester le corps épanoui de Marie sous le soleil d'Orient, en y voyant la marque de la traîtrise. Elle en veut pendant des jours à la Tortue de lui avoir fait découvrir les « turqueries », le boude ostensiblement, lui reprochant d'abîmer Marie avec ses préjugés, elle aurait préféré ne rien en savoir, ne veut pas comprendre. Marie n'avait fait qu'effleurer l'Orient, elle ne s'était pas posée dans les rues, n'avait pas partagé de conversations, ne s'était jamais approprié la réalité qui ne l'intéressait pas. Elle avait fait œuvre de fiction en usant de l'environnement et du paysage, de ses propres sensations attisées au feu de la découverte pour offrir, en guise de témoignage, son corps et son cœur plongés dans le chaudron fantasmé des *Mille et Une Nuits*. Forough en Occident ne fera pas autre chose – avant de se laisser bousculer, d'accepter de se faire charmer par la réalité occidentale. Mais là où Marie ne voulait que ses sensations confrontées à l'Orient, Forough cherchait absolument une vérité du monde. À force de caresses et d'excuses, la Tortue fait revenir Forough à Marie, poursuit son récit, la comble de détails qui la réjouissent, exagérant là, dissimulant ici. La conquête de Forough est rude.)

Marie revient à Paris sans Georgie. Elle lui dédicacera un livre, quelques mois plus tard, par principe, élégance de l'amante qui en aura bien profité, pour solder une aventure dont elle sort gagnante. L'attente de Louÿs nécessitait de prendre femme, d'endosser un rôle viril, d'être la dominante en pleine possession de ses désirs. Pour jouer avec elle, comme elle avait le sentiment qu'il jouait avec elle, en la quittant, en l'adorant, en la quittant de nouveau, instable dans ses sentiments comme dans sa boulimie des femmes. Les amours lesbiens de Marie ont fait office de pansement, de miroir pour s'aimer, d'aventures sensuelles en attendant. Si les femmes ont continué de fréquenter le lit de Marie jusqu'au bout de sa vie, elles ne seront plus jamais sources d'inspiration. Paul Lorenz avait vu juste quant à l'entrée de Marie dans les « salons virils » : « Ce n'est pas sans bonnes raisons que Marie choisit un pseudonyme masculin. Elle n'aimait pas les femmes, elle s'était aimée en elles. »

Téhéran, 1957

Ce que préfère Forough est d'entendre la Tortue lui raconter Henri. Elle lui demande de toujours commencer par « Il était une fois » tant il relève pour elle d'une fiction, d'un impossible persan. Henri, l'exact opposé de Parviz.

Il était une fois un homme amoureux fou d'une femme qu'il sait être une compagne de vie faite pour lui : l'écriture, la lecture, le culte de la Beauté, les voyages, les rencontres, un rythme particulier du quotidien. Marie lui signifie, avant le mariage, qu'elle ne se donnera jamais à lui. Il accepte. Il sait qui il épouse. Il sait Marie intransigeante sur son désir, elle ira jouir ailleurs, elle n'a pas l'intention de demeurer une femme vierge. Qu'aurait-il pu lui reprocher ? Rien. Elle est à la hauteur de la personnalité qu'il a aimée dès le premier instant. Et il sait qu'elle lui sera fidèle, à sa façon, jusqu'à son lit de mort. Ce qu'elle fut : fidèle compagne, présente à tous les moments essentiels de sa vie. Marie a des principes qui se nichent dans son humanisme sans morale. Pourtant, en 1911, Henri publie son meilleur recueil de poésies, *Le Miroir des heures*, parmi lesquelles figure le sublime « La rupture » :

En vain votre mauvais et perfide sourire
Me raille lâchement
D'avoir tenu pour vrai ce que vous savez dire
D'une bouche qui ment.
Et ce que je regrette en ces larmes cruelles
Où vous n'êtes pour rien
Ce n'est pas, sachez-le, vous sans pitié pour elles,
Votre amour, c'est le mien.

« La rupture » s'adresse directement à Marie, Henri laisse échapper dans ces vers aussi cruels qu'admirables ce qu'ont pu être ces années d'adoration à sens unique.

La dernière fois que Marie voit Pierre, en 1911, il est presque aveugle et déjà le solitaire du hameau de Boulainvilliers. Il vit avec sa dernière épouse, une aventurière pour rester polie, qui couche avec son secrétaire et, à eux deux, ils vident consciencieusement la bibliothèque si précieuse de Louÿs qui contenait trente mille livres et mille manuscrits. Pierre sait que Claudine le vole, ou du moins il le « sent » à défaut de voir les volumes les plus précieux disparaître, lui qui disait « causer avec sa bibliothèque » quotidiennement. Marie lui rend visite en apprenant l'aggravation de ses problèmes de santé, de son absence d'inspiration comme d'argent. Louÿs s'est enfermé les dernières années de sa vie pour prouver que Corneille avait écrit quelques-unes des pièces de Molière, il laisse mille deux cents pages d'analyse, il lit, classe, répertorie, se replonge dans Flaubert, adore Baudelaire et dépérit. Louÿs ne parvient plus à écrire des romans, encore moins des vers : « Je ne suis pas un romancier qui observe et qui décrit : je suis un poète qui imagine. » Son imagination tourne à vide. Marie est émue par celui qui demeure son plus grand amour. Entre deux voyages, deux amants et les livres, elle revient vers lui, lui tend les mains, ils parlent. Tout les ramène vers le passé, vers l'année 1897. Marie doit partir, elle est toujours attendue. Elle se lève, l'embrasse sur le front, lui caresse la nuque et retient ce frisson qui chaque fois la renvoie aux années où elle fut capable d'aimer si intensément. Elle fait quelques pas. Monte le petit escalier qui mène du jardin à la maison avant de retrouver la rue, l'agitation urbaine, le Monde. La voix de Louÿs s'élève dans son dos :

Et ce que je regrette en ces larmes cruelles
Où vous n'êtes pour rien
Ce n'est pas, sachez-le, vous sans pitié pour elles,
Votre amour, c'est le mien.

Silence. Marie s'immobilise.

— Tu diras à Henri que ce sont les meilleurs vers qu'il ait faits depuis longtemps.

Marie se retourne. Outrée. S'il avait pu la voir il aurait retrouvé, sur ses traits, sa jeunesse. Pourquoi il l'avait tant aimée.

— Oh ! Peux-tu ? Est-ce toi qui me dis cela ?

Elle n'attend pas de réponse – qui ne viendra pas – et s'en va.

Forough sanglote la première fois qu'elle entend conter cette ultime rencontre. La Tortue ne parvient pas à lui faire l'amour. Elle pleure d'incompréhension, de rage, d'échec. Elle pleure pour Henri qui ne méritait pas ça, elle sanglote pour Louÿs qui ne devait pas finir si seul, elle se morfond pour Marie et Pierre, pour ce qu'est devenue pour elle l'union parfaite, la Beauté idéale. Elle confond volontairement son échec à elle et leur échec à eux trois pour mieux s'oublier et davantage se retrouver en Marie. Elle ressasse Parviz. Comment avait-il pu aller aussi loin dans sa haine ? Elle n'était qu'amoureuse. Il la détestait pour cela. Pour son amour, son corps, son désir, son ambition. Ne l'avait-il jamais aimée alors qu'elle brûlait de passion ?

J'étais ivre, ivre de l'amour et du charme.
Un homme est venu dérober mon cœur de pierre.
Je l'ai quitté car il m'a fait souffrir.
Pourtant je lui ai donné tant de jouissance,
sans savoir qui il était.

Elle découvre qui est Parviz dans le mariage, après le fils, quand il ne la supporte plus d'être si désirable et choisit de l'envoyer à Téhéran avec un mensonge, celui de la rejoindre très vite. Forough est insatiable, il avait compté sur l'accouchement, sur le nouveau-né pour calmer ses ardeurs. À la lecture de ses poésies qu'elle lui cache, Parviz sait qu'il a épousé une pute :

Je suis noyée dans cette jeunesse innocente.
Je suis noyée dans ces instants de l'oubli.
Je suis noyée dans la salutation des caresses,
Dans les regards, les embrassades et les baisers.

Que se passe-t-il dans sa tête, à Parviz, quand il épouse une toute jeune femme avec qui il a déjà fait l'amour ? Par quelle étrange connexion cérébrale passe la naissance de son dégoût ? Comment en vient-il à redouter sa femme, la liberté de sa femme ? Comment élabore-t-il la machination qui entraîna Forough vers l'asile avant qu'elle ne prenne son envol ? La question est là : sait-il ce qu'il fait ? A-t-il prévu les conséquences désastreuses de ses actes ? Il se venge de son propre choix. Il se venge de l'avoir désirée, à défaut de l'avoir aimée, il ne sait pas ce que c'est qu'aimer sinon une faiblesse d'étranger, d'Occidental, il se venge de l'avoir baisée hors mariage, il se venge de l'avoir épousée après l'avoir baisée. Il se venge d'avoir épousé la pute qu'il a créée de ses propres mains.

La Tortue souffre avec Forough quand elle lui raconte son refus de la laisser publier. Inflexible mari qui ne peut plus la regarder sans dégoût. Il lui a renvoyé une partie de ses lettres après le divorce, comme pour lui rappeler combien elle l'avait supplié de l'aimer. Forough remet les lettres à la Tortue qui les enverra, anonymement, à un éditeur des années après sa mort, pour que personne ne puisse jamais oublier quel bourreau était le toujours très respecté Parviz Chapour lorsqu'il refusait l'idée même qu'elle gagne sa vie, car elle pourrait lui envoyer au visage, lors d'une dispute, son indépendance financière. Forough lui jurait de lui remettre tous ses droits d'auteur, que jamais, jamais, jamais elle n'utiliserait son argent contre lui. Jamais. Il était inflexible, elle se mit à genoux : « Tu es le meilleur. Tu es supérieur à tous les hommes. Tu as le droit de me frapper, car je suis devenue une mauvaise femme. Très mauvaise. Au lieu de consoler, avec des mots tendres, mon gentil mari éloigné de moi, je l'insulte tout le temps. Il faut que l'on coupe ma langue. Je mérite cette punition. Je me suis trompée. Parviz, quel rapport entre l'art et moi ? Quand ai-je prétendu être une artiste ? Quand ai-je parlé de mon art ? Mon art, c'est d'insulter. Que le diable emporte l'art qui voudrait me séparer de toi ! Je ne veux pas de l'art sans toi ! » Forough a d'abord interdit à l'éditeur Amir Kabir de publier ses poèmes qu'il avait acceptés. En 1952, elle sait que son mariage est foutu et qu'elle est une poète avant d'être une épouse et une mère. Mais elle est incapable de l'accepter quand elle regarde dormir son fils. Elle tente d'amadouer Parviz, elle se frappe la poitrine comme les femmes endeuillées du sud. Il refuse. Elle en fait trop, cela sonne faux. Parviz entend la dissonance et en profite pour la rabaisser encore. L'insistance qu'elle met à se rejeter, à se refuser, la passion qu'elle met à s'humilier devant lui, ne sont qu'autant de preuves de son prochain départ.

Un matin, hypnotisée comme elle le raconte à la Tortue, elle sonne à la porte de l'éditeur et signe son contrat. Elle n'a rien dit à Parviz, ni à ses proches. Elle attend que *La Captive* soit publié pour prévenir Parviz, elle attend de voir les recueils de *La Captive* en vitrine pour prévenir son mari.

La Tortue s'imagine alors être son mari, il endosse le rôle d'Henri, et dans l'appartement du deuxième étage de la maison du XIXe siècle, il rêve la fierté d'être le mari d'une telle poète. La Tortue lit Pierre Louÿs et se projette dans un autre destin, alors qu'une autre voix lui murmure qu'à ses côtés Forough n'aurait pas été aussi inspirée, qu'elle a besoin de la résistance hostile de son entourage pour nourrir son inspiration, et le murmure devient tumulte, envahit ses plages de rêverie jusqu'à ce que, vaincu, il accepte d'être la Tortue invisible et protecteur de Forough Farrokhzad, de la chérir en lui offrant un destin parallèle, parisien, d'un autre siècle. Elle y trouve son équilibre, entre le réel qui chaque jour la broie et Cyrus qui lui offre une sœur en littérature, presque une sœur de chair, à travers laquelle il est autorisé à l'aimer.

Quand il a enfin osé lui demander où elle avait trouvé le déclic, le courage, la force de choisir le divorce, d'accepter de perdre son fils Kâmi, elle a ri de ce rire inquiétant, qui est souvent prélude aux larmes, un rire qui veut se croire léger mais qui est pourri par trop de drames accumulés. Elle a répondu : grâce à mon premier lecteur.

Un jour, elle sort acheter des vêtements pour Kâmi, partagé entre la maison de ses parents et celle de sa belle-famille, elle ne peut pas s'en occuper. Quand aurait-elle le temps ? Entre l'art et les implorations, elle n'a même pas le temps de manger. Elle sort, vaincue, de la maison de son père, baissant la tête, évitant les regards, avançant furtivement vers le magasin de vêtements pour enfants, entre, choisit le plus rapidement possible, ne levant même pas la tête vers le caissier. Elle est sur le pas de la porte de la boutique. Un homme s'approche, l'interpellant par son nom, elle continue d'avancer, il insiste, il y a de l'émotion dans sa voix : « Vous êtes Forough Farrokhzad, la poète ? » Elle oublie tout ! Parviz, Kâmi, son père, les médisances, l'hypocrisie, les putes avec qui on la confond. Elle sourit. Bien sûr, il la reconnaît ! Son portrait orne le magazine où ses poèmes sont parus ! Ils échangent. Elle s'anime. Il est fasciné, elle revit. Un quart d'heure ? Vingt minutes ? Qu'importe ! C'est sa première rencontre avec un lecteur ! Pour la première fois, elle saisit que ce qu'elle écrit peut toucher, bouleverser. Découvrir que ce qui est sorti d'elle possède une vie propre, que ses vers cicatrisent d'autres cœurs qui s'interrogent, perplexes, devant les « il ne faut pas », « cela ne se fait pas », que ces appels à la jouissance rebondissent sur d'autres espérances hier inconnues d'elle, la transcendent. À ce moment précis, elle sait qu'elle ne reculera plus.

Elle rentre la tête haute, le cœur aussi léger que pourrait l'être celui d'une Iranienne entravée, elle marche rapidement, tressant déjà les mots qu'elle écrira à Parviz. Je suis lue, je suis débattue, j'existe ! Elle pousse la porte de la maison du père. Sa belle-mère est là, ses belles-sœurs, sa mère. Elle sourit. Elle n'a pas ouvert la bouche que son père lui administre un coup de poing en plein visage. Elle tombe à la renverse. Les cris et les hurlements s'entrechoquent, sa mère et sa belle-mère se renvoient les répliques dramatiques : comment est-il possible que j'aie accouché d'une fille qui soit tant dévoyée ? Comment ai-je pu laisser mon fils épouser une pute ? Comment peut-elle se montrer à la face du monde en plein jour ? Elle n'attend même plus la protection de la nuit pour se donner en spectacle ! Les sanglots bruyants de ses sœurs Pouran et Gloria font office de chœur. Fereydoun se précipite. Il pousse le père. Le père tombe, Fereydoun hésite à le rouer de coups, le poing levé, le regard noir, mais Forough est encore à terre. L'Amour pour la sœur est plus grand que la haine du père. Il s'agenouille, la prend dans ses bras. Elle ne comprend pas ce qui lui arrive. Comment est-ce possible de passer ainsi, sans transition, de la joie de la poésie à la violence du réel ? Elle pleure dans les bras de Fereydoun sans émettre un seul son. Les cris, les sanglots, les insultes, les condamnations pleuvent autour d'elle. Son chagrin est muet, il n'a pas d'espace où exister ici. Entre ses larmes qui coulent elle mesure la rapidité de diffusion de l'information. La vitesse à laquelle sa rencontre avec son premier lecteur a pu parvenir jusqu'à la maison de son père ou celle de sa belle-mère, comment l'un ou l'autre, l'un et l'autre, ont pris le téléphone ou leurs pieds pour annoncer la nouvelle : Forough a alpagué un homme dans la rue, Forough a levé un homme en plein jour, Forough ne peut pas s'empêcher, Forough a le vice en elle, l'impudeur en superbe. Ainsi soit-elle ! Elle n'a jamais pris d'amant. Elle ne s'est jamais encore rendue disponible pour d'autres corps alors que brûle le sien.

Qu'elle soit sage et enfermée, enthousiaste et vivante, vertueuse et silencieuse ou excentrique et franche, elle finira toujours à terre. Elle n'a que trop regardé la vie à travers les limites des fenêtres. Elle enjambe la fenêtre, elle se laisse tomber dans l'herbe, et après un regard vers ce qui a été, elle s'éloigne sans amertume. Elle hésitera encore, regrettera parfois, souffrira régulièrement comme ceux qui ont choisi de prendre le risque de vivre, mais elle n'aura plus jamais de ces excès de vertu masochiste. Forough Farrokhzad vient de choisir sa vie.

« Ce qui est écrit arrive », écrivait Colette. En 1955, quatre ans après son mariage arraché à la force de sa volonté, sept mois avant sa rencontre avec la Tortue, Forough Farrokhzad divorce de Parviz Chapour à la force du poignet. Sans regret.

Paris, 1897-1900

« Un souffle las, une plainte légère, et comme un roucoulement gonfla le cou renversé de Gilette. Elle se souvenait de cette heure avec un bonheur sans remords. Leur enfantillage voluptueux avait su la remplir de tant de tendresse et de camaraderie que toute gêne, toute crainte, toute émotion en avaient été bannies. Pas une fois Gilette, dans sa naïveté sauvage, ne pensa qu'elle avait fait quelque chose de mal. » Marie, en réécrivant, pour les besoins de son premier roman, ses *Noces mystérieuses*, qui racontent sa première nuit d'amour avec Louÿs, est aussi aérienne que possible : la chair est ludique, la chair est un rire et une chance dont il faut savoir profiter quand ils se posent au creux des reins. Après deux ans d'attente, après un mariage réussi mais sans amour, elle entre en chair comme on monterait sur un manège. Mais, avant les retrouvailles avec Pierre, il y eut Zohra.

(La Tortue a préparé son effet. Forough est encore sous le choc de la dernière rencontre entre Marie et

Pierre, elle en veut encore à Marie d'avoir méconnu l'Orient. Cyrus cherche le crescendo, la montée vertigineuse vers les *Noces mystérieuses*. Il la sent impatiente, fébrile, il jouit de son pouvoir, s'exerce à l'art du roman avec jubilation. Il ne s'avouera jamais le plaisir pervers qu'il prend à lanciner Forough en retardant le paroxysme du récit, à l'observer espérer comme une adolescente l'amour qui va venir. Quand il endosse le costume du conteur, la Tortue emprisonne Forough dans son appartement, la soumet à sa voix, lui interdit la fuite, la possède totalement, la domine enfin, devient l'aîné, le maître, celui qui détient les clefs de l'avenir. Dès qu'elle l'interrompt, il perd le fil, se ratatine, redevient la Tortue, se révolte parfois, se soumet souvent.)

Louÿs revient d'Algérie, où il s'était de nouveau réfugié, autant pour fuir Marie et son empressement que pour retrouver ce frère aîné tant aimé. Mais il rentre à Paris avec une sublime Mauresque, Zohra, malgré l'avis de son frère et de ses amis. Élevée chez les bonnes sœurs, elle maîtrise parfaitement le français et la chair. Ainsi, pour sa première sortie parisienne, Zohra accompagne Louÿs à la Comédie-Française, vêtue d'une robe rouge transparente qui laisse plus qu'entrevoir son corps presque d'ébène. Claude Debussy et Jean de Tinan en sont fous, Pierre les photographie à genoux, Zohra sur leurs dos, soumis à la Mauresque comme à la promesse d'une femme qui n'aurait honte de rien, et certainement pas de son corps, chez qui le péché n'existe pas. Marie fulmine, fait une scène à Pierre qui ne prend même pas la peine de répondre, étonné d'abord par sa violence, puis exaspéré par son enfantillage.

La saison estivale éparpille le beau monde, les villégiatures succèdent aux villégiatures, Louÿs n'écrit pas, il promène Zohra de Fécamp à Étretat, Marie écrit en descendant le Rhin, avec Henri, jusqu'à Aix-la-Chapelle, puis c'est la Touraine. Marie ne pense presque pas à Louÿs : elle ne peut rien y faire alors elle n'y pense pas. Ainsi est Marie, incapable de s'attarder en conjectures, avide de profiter de chaque instant. Elle abandonne ce qui ne dépend pas d'elle.

De retour à Paris, Louÿs est encore plus distant, fortement refroidi par la scène de jalousie envers Zohra, Marie lui arrache péniblement des bouts de conversation. Elle comprend soudain un trait de caractère de Pierre que Toche avait repéré avant elle, comme elle l'a écrit un jour à Louÿs : « Je comprends à merveille que vous ne puissiez pas jouir de ce que vous avez trop souhaité. » Marie change de tactique : c'est un nouveau visage qu'elle se doit d'offrir à Pierre, un visage inédit qu'il ne soupçonnait pas, aussi éloigné que possible de la Marie qui s'était si spontanément offerte avant son mariage avec Régnier, aussi différente que la Marie qui l'assaille sans ambiguïté depuis deux ans. Elle lui écrit une lettre où elle déplore la fin de leur amitié, son mariage avec Henri qui l'a tant blessée mais qu'elle ne pouvait refuser par amour de son père, ses colères d'enfant gâté et sa stupide possessivité. Marie désire être avec Pierre, comme ils étaient *avant* : innocents et amis, adorateurs de Beauté et amoureux de la littérature, capables de rire de tout et friands des concours de grimaces. Elle lui propose de correspondre en laissant des notes dans *L'Écho de Paris* à la rubrique des petites annonces, signées H.M.L. – initiales des prénoms des filles Heredia, Hélène, Marie et Louise. En lisant la lettre, Louÿs remarque une tache qui ressemble à une larme. Il est bouleversé. Une heure plus tard, le 2 octobre 1897, Pierre Louÿs passe une annonce : « Comment pouvez-vous dire que je ne vous aime plus ? Je n'ai jamais aimé que vous au monde. Aurez annonce ou lettre demain matin. Merci. Merci pour vos larmes. Elles me rendent fou. Je ne sais plus ce que je vous ai dit. »

Marie ne se précipite pas, ne répond pas, patiente. Trois jours plus tard, elle le retrouve dans le salon de Mme de Heredia et l'embrasse « comme une sœur », baisse le regard devant ses yeux de nouveau fous amoureux. Il hésite : ne veut-elle que son amitié ? Il souffre déjà de la perdre. Il l'interroge, elle fuit. Le lendemain, une annonce H.M.L., signée Marie : « Je suis sûre de vous avoir peiné. Croyez-vous donc que j'aurai le courage de m'arrêter où je vous ai dit ? Qu'importe si nous devons souffrir au milieu de notre joie. » Louÿs oublie Zohra, Henri, son frère, ses promesses, et se met en quête d'une garçonnière. Ce sera l'avenue Carnot, la date est fixée au 11 octobre.

L'un et l'autre s'y préparent anxieusement, ils ne se sont pas retrouvés seuls depuis cette nuit où Pierre a refusé Marie.

Le jour tant attendu, Pierre est aussi intimidé qu'elle, ils dédaignent le grand lit pour le canapé où ils restent assis, les mains jointes, à respirer le parfum de l'avenir qui sera volé aux mondanités et à la famille, ils parlent du sacrifice de Marie, de leur entourage qu'il faudra préserver, d'Henri qui ne mérite pas de souffrir. Ils se taisent et respirent ensemble, chastement. Marie s'en va trop précipitamment au goût de Pierre, prétextant un impératif, ses yeux brillent comme ceux d'une gosse qui s'apprête à faire une bêtise, Louÿs sent monter la fièvre du doute : a-t-elle changé d'avis ? Aurait-il dû être plus entreprenant ? L'aime-t-elle encore ? Rendez-vous est repris pour le 17 octobre, elle insiste sur la date. Pierre se rend-il compte que cette date marque le deuxième anniversaire de mariage de Marie et Henri ? Serait-ce de la perfidie ? Veut-elle effacer dans les bras de son amant jusqu'au souvenir de son mariage ? Non, c'est une forme de récompense qu'elle se fait. Elle aura tant lutté pour parvenir dans ce lit avec cet homme ! Le mariage avec Henri est loin d'être un calvaire, mais elle ne l'aime pas. Avec les années, elle se rendra compte que c'était le meilleur mariage dont elle pouvait rêver : un homme fidèle, assez amoureux pour ne pas entrer en conflit avec le tempérament de sa femme et jusqu'au bout reconnaissant de sa présence aux heures importantes. « La rupture » n'est pas une charge contre Marie, mais contre son amour à lui, son seul regret est d'être irrémédiablement attaché à une femme incapable de l'aimer.

17 octobre 1897. Marie fera le récit détaillé de leurs retrouvailles dans son premier roman *L'Inconstante*, Pierre dans son dernier roman inachevé et posthume : *Psyché*. Si le récit de Marie est tout en légèreté et grâce (« Son joli visage était devenu grave et tendre. Son expression fut celle d'un petit animal effarouché. Son nez battit faiblement. Elle sentait planer sur elle quelque chose de redoutable et de divin »), celui de Louÿs, rédigé près de vingt ans plus tard, est empreint d'une gravité lyrique : « Il la laissait tendrement se réveiller au désir dans une étreinte passionnée mais vierge qui ne sollicitait rien. Psyché restait presque immobile... Psyché brûlante et maintenant agitée, se sentit là enfin dans le secret. Elle n'accueillit plus les caresses d'Aimery avec ce recul frissonnant du flanc qui se dérobe et n'ose éprouver. Toute sa nudité chaste, sa peau moite et tendre accepta l'étreinte de la tête aux pieds. Psyché ne vit plus rien, ni hors d'elle, ni dans sa conscience éblouie. » Car pour Pierre Louÿs, ce 17 octobre devient immédiatement leurs *Noces mystérieuses* lorsqu'il découvre la virginité de Marie et remarque enfin la date anniversaire du mariage qui l'a brisé deux ans auparavant. Il est ébahi : ainsi elle l'aimait vraiment, et l'aime toujours pour n'avoir pas consommé son mariage, pour s'être gardée pour lui, lui qui n'accorde aucune importance à la

virginité, lui qui balaye à coups de poèmes érotiques, de provocations sociales, l'hymen élevé à hauteur de vertu. Mais il s'agit de Marie ! Sa virginité efface sa première déception d'homme, ainsi son récit est empreint d'un mystère quasi divin, alors que Marie flotte, victorieuse, se réjouissant de confirmer que le plaisir physique est à hauteur d'espérance. Marie savait déjà qu'elle aimait la chair dans les bras féminins, elle exulte sous le corps de son premier amant. Il veut la garder encore, elle doit filer au dîner qui réunit sa famille pour son anniversaire de mariage. Marie n'est décidément pas vicieuse, elle est d'un naturel confondant, d'une franchise exacerbée.

Dans *L'Inconstante*, Marie se portraiture sans complaisance, mais fait surtout la preuve de l'amour qu'elle a pour elle-même et qui ne s'encombre pas de culpabilité : « Gilette étant sans vice, était sans pudeur ; elle avait dans tous ses gestes une aisance simple et primitive de sauvageonne : la décence est une vertu de la civilisation. Elle s'habillait vite et seule, et se déshabillait plus adroitement et plus vite encore. Mais malgré cette prestesse momentanée, elle était l'indolence même. Elle avait parfois les mouvements sournois d'une jolie bête paresseuse. Elle était gourmande ; elle n'avait jamais promis à son amant de l'aimer toujours. » Si toute la première partie est juste, fidèle à la personnalité de Marie, la dernière phrase s'applique davantage à Louÿs… En prêtant à son personnage la boulimie amoureuse de Pierre, dont elle a tant souffert et souffrira encore, elle solde son désespoir, s'approprie une protection, réévalue son histoire pour l'inscrire dans l'éternité. Une des différences les plus aiguës entre Marie et Forough tient à l'amour et au respect que l'une déploie pour elle-même, et l'autre pas. Il ne viendrait pas à l'idée de Marie de se dévaluer à ses yeux. Forough est secouée de découvrir une femme capable de se célébrer sans la moindre honte. Cette honte qui la poursuivra toute sa courte vie.

Pierre surnomme Marie, *Mouche*

pour les ailes
De tes cheveux si noirs, si longs, si fins, si bleus
Et pour les reflets d'or qui cernent tes prunelles
Dans la grande ombre de tes innombrables yeux

et la photographie habillée et nue, contemplant dans la chevelure de Marie, sa chute de reins, ses interminables jambes, ses sourires suggestifs qui le rendent fou, la facilité animale avec laquelle elle exprime son désir, son plaisir sans fard, y découvrant une source inépuisable d'inspiration et de souffle romanesque. Ainsi, la virginité miraculeuse revient hanter poèmes et romans – dont le célèbre final de *La Femme et le Pantin*, lorsque le narrateur vieillissant, fou amoureux d'une danseuse qui le torture en le séduisant et le repoussant, et qui, comble de la souffrance, la voit de ses propres yeux faire l'amour à un jeune homme et jouir et lui sourire entre ses cris comme pour lui rappeler qu'il ne la possédera jamais, découvre finalement que la danseuse de son cœur est vierge. Pierre Louÿs n'aurait jamais cru possible d'être aussi heureux avec une seule femme et durant plusieurs jours, plusieurs mois !

Mais l'Orient le rappelle, le soleil, les odeurs, la sensualité suave des corps, les paysages comme recouverts d'un film de sable. S'il a accepté de renvoyer Zohra, pour sa réputation, pour être absolument à Marie, il ne résiste pas longtemps à l'appel du Caire… Il s'embarque début janvier, laissant Marie entre ennui et incertitude. Elle n'est pas rassasiée – elle ne le sera jamais –, son corps crie famine et son esprit vagabonde du côté de Pierre : s'est-il déjà lassé d'elle ? Elle balaye cette idée. Est-il incapable de se suffire d'une seule femme ? Possible, mais n'étant pas jalouse, elle se console en se rappelant Jean de Tinan, l'ami fidèle de Louÿs, poète romantique et sombre qui a toujours posé sur elle des regards brûlants. Marie n'a jamais été une débutante dans les affaires du cœur, elle en connaît les codes, les mensonges, les « trucs » pour atterrir sans se blesser. D'instinct, elle sait comment jongler avec le cœur et le corps, sait détacher l'un de l'autre, passer de l'un à l'autre sans remords.

Tinan l'aime, elle pense qu'il la désire seulement. Noctambule, profond, alcoolique, souffreteux et superbe, il est le descendant direct de Baudelaire, les complications amoureuses sont la source où il s'abreuve du drame nécessaire à sa littérature, dont *Un document sur l'impuissance d'aimer* résume la philosophie. Marie se glisse dans le lit de Tinan avec une aisance qui le désarçonne, puis l'enchante. Il était déjà épris, il est dorénavant fou d'amour. Marie le met pourtant en garde : « Je n'ai rien à faire et votre amour m'occupera : je ne me moque pas de vous, puisque je vous dis la vérité. Si vous n'acceptez pas ce que je vous offre, oubliez-moi, voilà tout. » Marie choisit la franchise, elle se facilite la vie, elle n'aime ni les hypocrisies ni les messes basses. Tout doit être dit à haute voix, tout doit être simple et clair. Marie jouit de Tinan le temps de se rassasier, jusqu'à découvrir qu'elle est enceinte de Louÿs... Elle quitte Tinan aussi facilement qu'elle s'était glissée dans son lit, le laissant hagard, plus sujet au spleen que jamais. La santé de Tinan, déjà fragile, périclite, il se réfugie chez ses parents, ne s'en remettra plus. Quelques mois plus tard, Jean de Tinan agonisant réclame Marie à son chevet. Elle s'y précipite et lui tient la main sous les yeux accusateurs du père de Tinan, lui caressant le visage, lui disant les mots qu'il aurait aimé entendre. Des années plus tard, Marie reviendra, dans une lettre à Toche, sur son aventure avec Jean : « Je ne regrette rien, il n'est pas une heure de cette vie-là que je voudrais raturer ; je regrette seulement que dans le passé quelques heures ne se soient pas rajoutées à celles-là, non pour moi mais pour un enfant que vous avez connu et qui m'a aimée. S'il avait vécu, chère Toche, il aurait compris, il n'aurait pas été injuste : nous n'aurions pas eu à ne nous expliquer qu'un instant, ce seul instant devant son père, sur son lit d'agonie. Oh ! Toche, là est l'irréparable ! Quelle tendresse, quelle fidélité dans mon cœur pour cet enfant que j'aimais pourtant mais pas comme il le voulait. » Tout le tempérament de Marie transparaît dans cette lettre, pas de remords, mais un regret : qu'il ait été injuste avec elle ! Qu'il ne lui ait pas laissé le temps de lui expliquer que la chair était suffisante, que l'amour ne pouvait durer et que ce n'était pas grave, qu'il fallait profiter de ce qui s'offrait, puis passer à la suite. En indécrottable narcissique, elle aurait aimé avoir le temps de convaincre Tinan qu'elle ne l'avait pas vraiment trahi... pour mieux vivre, elle, son agonie à lui.

Marie s'interroge à savoir si elle doit prévenir Louÿs avant Régnier de sa grossesse.

Ce sera Henri, qui lui au moins est à Paris et à disposition. Il ne lui pose qu'une seule question : le nom du père, que Marie lui avouera sans aucune hésitation. Silence entendu d'Henri, fin du débat. Henri de Régnier élèvera Pierre Marie Joseph Henri de Régnier comme son propre fils. Pas une fois, il n'utilisera celui qui sera surnommé Tigre dès sa naissance contre Marie, pas une seconde il ne reviendra sur cet enfant fait presque dans son dos. Mais Henri ne parviendra jamais à « dominer la sorte de timidité » que lui a toujours inspirée Tigre, même enfant. Plus tard, entraîné dans les années folles, Tigre, miné par son absence de nerfs, voit son père officiel de temps en temps : « Il vit dehors. Je le vois peu souvent.

Il déjeune avec moi ou vient me faire "une petite visite". Il regarde avec surprise mes miroirs vénitiens, mes chaises espagnoles, mes turqueries et mes chinoiseries, tout le bric-à-brac que j'ai rassemblé autour de moi pour distraire le vide de ma vie. Tout cela lui paraît étrange, mais il n'en fait aucune remarque, car il est la gentillesse et la politesse mêmes. Il n'éprouve pas le besoin de se confier et je suis peu porté à l'interroger et à provoquer ses confidences. » Henri de Régnier est un prince, Pierre Louÿs un vagabond qui oublie d'où il vient lorsqu'il a changé de paysage. Poussé par son frère, Louÿs envoie une lettre de rupture sans entrain à Marie qui n'a pas même eu le temps de lui annoncer sa grossesse. Elle ne s'en formalise pas et attend son retour, en elle mûrit Tigre, elle se prépare à adorer cet enfant de l'amour, elle sait que Pierre reviendra. Il revient toujours.

(Forough est brisée. Elle gémit. Un long cri sourd auquel Cyrus ne s'attendait pas, il n'a pas anticipé la douleur du fils perdu. Forough est déjà amoureuse d'Henri, peut-être même davantage que de Louÿs tant il est reposant, sa réaction face à l'enfant d'un autre lui fait exploser le cœur. Si la Tortue n'a pas vu venir le cri déchirant de Forough, c'est qu'il se doute déjà que la perte de Kâmi le fils est une source bienvenue d'inspiration. Forough écrit les poèmes de *La Captive* entre la chair et la grossesse, entre la naissance de Kâmi et la fin de l'Amour. Grossesse et enfantement poétique sont concomitants, et s'il n'existe aucun doute sur l'amour qu'elle porte à son fils, elle s'en détache dès sa naissance, non pas en tant que mère, mais en tant que poète. Elle le transforme en un puits de remords et de souffrance comme pour mieux écrire. Quelle plus pure source d'inspiration que la souffrance aiguë d'avoir perdu un enfant ? C'est inavouable : l'instrumentalisation de l'enfant perdu devient un réservoir de malheur, une source infinie d'inspiration. Forough est profondément iranienne. Elle tisse le fil de son malheur pour mieux l'exalter, comme si le malheur et la sainteté se tenaient la main. Il est impossible pour Forough de se considérer comme une bonne mère sur la simple base de l'amour filial, car la preuve de l'amour est dans le sacrifice de sa vie, dans l'abandon de sa passion. Être mère, c'est l'être absolument, totalement : « J'entends la voix de Kâmi et le désir de l'embrasser s'embrase dans mon esprit et se réduit en cendres. J'entends son rire derrière les murs et j'ai l'envie folle que tout autour de moi se vaporise. » S'anéantir pour écrire, s'anéantir pour renaître.

Forough, avant la vengeance de Parviz, avant qu'il lui interdise de voir son fils, de lui écrire, de lui parler, hésite encore. Un jour, elle préfère confier son fils à sa belle-mère, puis le lendemain, à la suite d'une dispute, d'une remarque, le déménage chez ses parents, pour encore changer d'avis deux jours après, une engueulade plus tard. Kâmi est ainsi ballotté au gré des doutes de sa mère, insignifiant aux yeux de Parviz qui ne voit en lui qu'un moyen de pression sur

Forough, encombrant pour ses grands-parents qui le regardent tel le fruit d'une erreur et d'un péché. Kâmi est l'enfant de trop devenu l'enfant de la vengeance. Il aurait été l'enfant de la discorde, il aurait peut-être été plus heureux. Il aurait vu ses parents se battre pour sa présence, pour son amour. Mais Parviz interdit et Forough accepte.

Avant de partir pour Rome, elle constate dans une lettre à Parviz, entre deux plaintes sur sa mauvaise nature et un gémissement sur son incapacité au bonheur : « Peut-être que toi et les autres, vous allez penser que j'ai été très mauvaise, que je n'ai pas aimé mon enfant. Mais je ne sais pas quoi dire. Je te le confie. Tu peux sentir où j'en suis dans la vie. Penser à lui remplit mes yeux de larmes. J'ai envie d'être une bonne mère pour lui mais hélas tout ce qui est autour de moi s'oppose à mon aspiration et éloigne constamment ma vie de lui. »

L'enfant qui représente la normalité d'une vie, la voie royale de toute femme, la respectabilité. Même si elle l'avait voulu, même si elle avait insisté pour garder l'enfant, elle n'aurait pu. Forough aurait dû éteindre les feux de son absolu, laisser sur le bord du chemin la poésie, avancer légère de toute aspiration littéraire, pour n'être que mère. Était-il possible d'être autre chose que mère dans l'Iran des années 1950 ? Était-il possible d'imposer et sa maternité et sa poésie dans le même mouvement ?

La diablesse poésie gagne toujours : si Forough gémit de douleur quand elle pense à son fils, elle s'en détache quand même. Il ne fait pas le poids face à son ambition.

Des années plus tard, devenu adulte, Kâmi est incapable d'accuser son père, comme terrifié par sa toute-puissance, il préfère faire porter au destin le poids de la rupture avec sa mère : « Naturellement, je n'ai pas pu voir ma mère. Bon, la vie n'a pas voulu. J'ai gardé quelques souvenirs d'elle. Le problème c'est que la vie ne nous a même pas permis de nous rapprocher. » La vie qui est l'autre nom de son père. Dans une interview, il apparaît aussi terne et peureux que Forough était flamboyante et téméraire : « Seulement le problème qui nous obligea à nous séparer, c'était plutôt la sensibilité de mon père. » Son fils devenu adulte, des années après sa mort, ne peut toujours pas incriminer son salaud de père qui avait autant de sensibilité qu'un bloc de granit. Certainement, la faiblesse de l'art de Kâmi – il est devenu peintre figuratif – vient de son incapacité à regarder la vérité et à l'exprimer. La dire lui est impossible.

La Tortue se dit devant les larmes de Forough que c'est ce qu'ils n'ont pas compris, tous ceux qui détournent les yeux de la réalité de Forough, qui la cachent derrière des paravents de traumas, qui préfèrent l'imaginer en souffrance de fils alors qu'elle était en exigence de destin, ils ne comprennent pas que c'est pour cela que Forough est une artiste et qu'ils ne sont que des gratte-papier : par la force de ses choix de vie, par la radicalité de ses sacrifices.

Forough veut avant tout laisser une trace. Appelez ça de la prétention, de la folie, mais c'est parce qu'elle veut être une grande poète, parce qu'elle veut être un nom que l'Histoire retiendrait précieusement, parce qu'il y eut effectivement un avant et un après Forough Farrokhzad que toute cette armée de justificateurs, de demi-admirateurs, de fossoyeurs de vérité éprouve le besoin de rappeler le sacrifice du fils et la souffrance béante de l'inconsolable Forough. C'est pour se rassurer de n'être pas aussi grands qu'elle : eux ont gardé leurs enfants, ne les ont pas abandonnés, eux ont été de bons parents – ce qui explique qu'ils sont de mauvais poètes.

Puis, il y eut un autre enfant. Ni Forough ni Cyrus ne le savent encore. Ce sera l'enfant de papier, Hossein Mansouri. À l'automne 1962, Forough, qui poursuit son œuvre poétique, est aussi devenue comédienne de théâtre et monteuse de films depuis sa rencontre en 1958 avec Ebrahim Golestan, écrivain, cinéaste et producteur, avec qui elle s'installe alors qu'il est marié et père de deux enfants. Jamais la Tortue ne souffrira autant devant un tel gâchis. Sa haine des communistes et du cinéma lui vient du concubin de Forough qui ne saura jamais rien des nuits qu'elle passe chez la Tortue, qui ne se doute pas que « sa femme » comme il s'en vante, ce salaud de rouge, que parfois deux fois par semaine, Forough ferme la porte de la Tortue derrière elle pour se plonger dans la Belle Époque. Golestan, qui se prend dorénavant pour un artiste et refuse les films de commande, confie à Forough la réalisation d'un documentaire sur la léproserie de Bâbâ Bâghi, près de Tabriz, une commande de l'UNESCO.

La maison est noire, moyen métrage en noir et blanc de 21 minutes et 22 secondes, est un chef-d'œuvre. Forough l'a tourné en douze jours, sans scénario, mais en écrivant, pendant qu'elle filmait le quotidien des lépreux, un long poème, en forme de prière, qui est une accusation (contre Dieu et les hommes qui détournent les yeux) mais aussi une déclaration d'amour à la vie et qui sert de voix off (la sienne) au film.

La voix chaude et envoûtante de Forough accompagne le quotidien des lépreux : auscultation par les médecins, distribution de médicaments ; des femmes lépreuses travaillent derrière les machines à tisser et fabriquent du Beau de leurs mains encore valides en souriant de leurs lèvres effacées ; des femmes cherchent de l'eau au puits du village après avoir cerné leurs yeux de khôl alors que la lèpre a déjà attaqué les paupières ; des femmes garnissent leurs maisons de géraniums, cousent de nouveaux rideaux, changent les nappes qu'elles ont brodées ; une mère allaite son enfant qui se détourne soudain du sein maternel pour chercher du regard, avide, le ciel ; des enfants, certains malades, d'autres pas, jouent dans la poussière comme jouent tous les enfants ; un enfant espiègle attrape la béquille d'un vieil homme assis par terre, la place entre ses jambes à la façon des sorcières puis s'éloigne en riant, prêt à prendre son envol ; un vieillard dont le rire n'est qu'un trou béant mais dont la bonne humeur est contagieuse ; la mère souriante au visage déjà rongé qui peigne les cheveux de sa fille encore saine devant un miroir reflétant la déformation qui est la vie quand même, la vie tout court, la vie qui continue, la laideur devenant la pure Beauté sous la pulsion de vie qui anime encore ces hommes, ces femmes, ces enfants déjà condamnés.

Il y a le maître d'école qui enseigne à une classe de tous âges, des enfants déjà malades, d'autres pas, mais impossible de séparer les familles, de laisser filer des enfants potentiellement malades, propagateurs du mal, le maître d'école demande

— *Toi, dis-nous plusieurs jolies choses !*

Et l'élève au beau visage, tout en rondeur, souriant sans sourire, de réfléchir, d'hésiter avant de lancer, radieux, dans un souffle :

— *La lune, le soleil, les fleurs, le jeu !*

Puis le maître de demander le nom de plusieurs choses laides et un autre élève, à l'air étonné, de répondre comme une évidence :

— *La main, le pied, la tête.*

Forough est bouleversée. Par les enfants qui jouent, par cette mixité, par cet élève de six ans, souriant sans sourire, dont les deux parents et la sœur sont lépreux, mais qui n'est pas malade.

— *La lune, le soleil, les fleurs, le jeu !*

Elle est submergée par une émotion qu'elle n'a pas ressentie depuis longtemps : le désir de protection.

Il lui faut protéger cet enfant. Cet enfant est le sien, le fils de papier qu'elle attendait. Il est la poésie.

Elle l'a déjà repéré, il était différent de tous les autres. Mais. Il refusait de lui parler, de répondre à ses banales questions alors que les autres enfants se précipitaient vers cette femme si belle, à la voix si chaude, aux gestes si sensuels. L'enfant est muet. Forough le cherche des yeux, de la voix. Silence obstiné de l'enfant. Jusqu'à ce jour dans la classe, elle n'avait jamais entendu sa voix. Elle comprend instantanément que sa voix inédite, sa réponse aussi poétique qu'universelle s'adressent à elle, que l'enfant répond à toutes ses questions demeurées en suspens. Des années plus tard, Hossein racontera la rencontre décisive de sa vie : « Ma première impression d'elle concerne sa voix. C'était le premier élément décisif de mon impression, car il était suffisamment fort pour m'hypnotiser. Je ne peux pas la décrire autrement et je n'exagère pas. J'ai été paralysé en entendant sa voix. – *Salam* ! Je suis Forough. Qui es-tu ? Sa voix était inhabituelle. Elle m'a tellement hypnotisé que j'ai oublié mon nom. J'étais complètement perdu. Elle venait vers moi presque tous les jours et on aurait dit qu'elle aimait faire ça, car elle produisait le même effet sur moi à chaque fois. Ce n'était pas une coïncidence. Cet hypnotisme était un point d'interrogation énorme pour moi. Chaque fois qu'elle était là, j'avais l'impression que je n'étais plus moi-même. Je ne sais pas pourquoi. Je ne pouvais pas comprendre logiquement pourquoi je ne pouvais pas dire quelque chose. Je l'ai dit à la fin dans la classe à l'école. C'était ma revanche. Et ces mots se terminent par un sourire triomphant. Ces mots peuvent être dits dans toutes les langues et ils peuvent décider de notre destin. Les mots ont une telle puissance ! »

Les dés sont jetés, Forough sait que son enfant est cet enfant.

Forough veut préserver le sourire sur le beau visage de cet enfant, elle refuse de l'abandonner aux ténèbres, elle agit. Vite. Vite. Elle va voir les parents. Elle veut cet enfant. Elle veut l'adopter. Les parents acceptent. Sauver l'enfant qui peut vivre dans la lumière. Sauver la Beauté et la poésie. Forough, à la fin du tournage, prend Hossein Mansouri par la main, main qu'elle ne lâchera pas jusqu'à l'arrivée à Téhéran, main qu'elle gardera encore dans la sienne jusqu'à ce qu'il s'endorme. Pendant les cinq ans qui séparent Forough de la mort, elle ne quittera jamais la main d'Hossein. Elle l'aime d'un amour absolu cet enfant de papier qui prend la place de l'enfant de chair et possède, comme elle, en miroir, le sens aigu de la Beauté. Il fait des bêtises, mais il est premier de sa classe, il casse des vitres, mais il est brillant.

Cet Amour filial est venu comme un coup de foudre. Elle est sa mère, il est soufflé de rencontrer sa mère.

Des années plus tard, après la mort, après la révolution, avant l'apaisement qui ne viendra finalement jamais, Hossein et Kâmi se retrouvent à Londres. L'enfant de chair et l'enfant de papier partagent une chambre, études, nourritures et souvenirs. Kâmi ne sait rien de sa mère, Hossein la connaît comme si elle était lui. Parce qu'il a toujours été elle. Que se sont-ils dit ? Ont-ils pleuré sur les souvenirs de l'un, l'absence de souvenirs de l'autre ? Ont-ils ri des facéties de Forough ? Se sont-ils permis le rire salutaire pour combattre la mort ? La Tortue retrouva Hossein à Paris, puis à Berlin. Mais il ne dit rien. Il insiste. Silence. Respect. Dégoût de la Tortue. Il raconte *sa* Forough au fils de papier, il ne le croit pas. Tu mens, tu mens, tais-toi, tu insultes sa mémoire ! Cyrus capitule devant la puissance du déni. Tout ce silence, tout ce respect qui n'est que la mort de la poésie. Les fils de Forough n'ont jamais été à la hauteur. Inachevés. Ils sont inachevés. Comme le fils de Marie. Il est impossible d'être l'enfant de ces femmes. Il fallait crier plus fort, jouir plus haut, vivre plus intensément. Il est des femmes qui illuminent tant qu'elles aveuglent ceux qui connaissent leurs vérités. La Tortue n'aura pas assez d'une vie pour le découvrir. En attendant, il reprend le fil du récit de Marie et Pierre, accélère, pour faire revenir Forough à la vie. Paradoxe encore que de la faire revenir à la vie en la plongeant dans un monde disparu.)

Cinq mois après son départ, Pierre est de retour à Paris, Marie patiente encore. Elle savoure d'avance la joie qui sera celle de son amant quand elle lui annoncera la nouvelle. Un mois plus tard, elle lui écrit enfin qu'il sera bientôt père. Il répond à travers

L'Écho de Paris : « H.M.L. comment peut-il se faire que vous ne m'ayez rien dit ? Ne le saviez-vous donc pas ? Je pense à vous sans cesse. Je ferai tout ce que vous voudrez, mais parlez-moi de vous. Je ne veux pas que vous souffriez. Ne pensez plus à rien qui ne soit heureux. Quelqu'un nous unit maintenant pour toujours. » Marie connaît ses hommes.

Le 8 septembre 1898, « Tigre est né à deux heures du matin, avec les fers. Il est très gros, très vigoureux et très laid. Régnier prétend qu'il ressemble à une gargouille de Notre-Dame, et moi à un vieillard de Daumier », annonce José Maria de Heredia. Henri de Régnier demande à Pierre Louÿs, officiellement parrain de l'enfant, de venir avec lui et Heredia déclarer l'enfant à la mairie, se justifiant d'un royal « Il faut que ce garçon entre dignement dans la vie civile ».

Marie se remet très vite de l'accouchement, pressée de revoir Pierre, et organise un voyage à Amsterdam sous le prétexte d'une exposition sur Rembrandt, avec Henri et Louÿs. Le voyage est l'occasion des retrouvailles des amants, qui s'embrassent dès qu'Henri regarde ailleurs – ce qu'il fait régulièrement. Louÿs, qui a été mis dans la confidence de l'aventure avec Tinan, interroge Marie sur ses chances de paternité : « Aucun doute possible », répond Marie. Conclusion de Pierre : « Après tout, on n'est jamais sûr d'une paternité et celle-là est encore une des mieux prouvées que je connaisse. »

À Amsterdam, Pierre devient le témoin des humiliations que Marie impose à Henri : sa franchise brutale jusqu'à l'insulte, son autorité intransigeante, la répétition, en public, de son dégoût physique, « tu es laid, tu es chauve, tu as la tête d'un vieillard… ». Il en est soufflé. Et admiratif de l'amour d'Henri, qui tient bon sans perdre sa prestance. Il craint une scène qui provoquerait une rupture définitive. Marie donne l'impression de le dresser en lui faisant subir des exercices quotidiens d'abaissement pour que jamais il ne lui vienne à l'idée de rectifier le contrat initial, ce qui fait écrire à Pierre : « Mouche est un petit peuple turbulent qui a dû dire une bonne fois pour toutes à son roi : si tu ne me fiches pas la paix, je t'envoie à la frontière ! » Plus tard, Marie refusera de se souvenir de ces scènes, elle lèvera un sourcil stupéfait à l'énonciation de ses méchancetés gratuites, incapable d'accepter le traitement inique dont fut victime son Henri. Plus tard, pas si tard que ça, Marie s'adoucira, certaine de la raide allégeance de son mari.

De retour à Paris, les amants vivent

L'heure unique où les dieux accordent, un instant,
À la tête qui penche, à l'épaule qui tremble,
L'esprit pur de la vie en fuite avec le temps.

Le 29 novembre 1898, ils partagent le paroxysme de la jouissance physique, le diapason de la complicité amoureuse et poétique. Ce 29 novembre, l'Apogée de leur histoire, deviendra le « Pervigilium Mortis », sommet de la poésie lyrique française, signé par Louÿs, et « Épigramme », le poème le plus réussi de Marie – le seul inoubliable. Les vers s'enchaînent, alors qu'ils atteignent une plénitude physique inouïe…

Psyché, ma sœur, écoute immobile, et frissonne…
Le bonheur vient, nous touche et nous parle à genoux.
Pressons nos mains. Sois grave. Écoute encor… Personne
N'est plus heureux, ce soir, n'est plus divin que nous.
… Plus tard, Ô ma beauté, quand des nuits étrangères
Auront passé sur vous qui ne m'attendrez plus,
Quand d'autres, s'il se peut, amie aux mains légères,
Jaloux de mon prénom, toucheront vos pieds nus

… Marie répond

Et quand nous serons morts et que jamais ma bouche
Ne pourra plus presser la vôtre longuement,
Qu'il ne restera rien de tendre ou de farouche
De toute notre joie et de notre tourment,
Peut-être qu'un amant, portant un nom semblable
Au vôtre illustre, aimant ainsi que vous aimiez
Attendra près du livre entr'ouvert sur sa table
Celle qu'il nommera comme vous me nommiez.
Songeant que tout amour devient la même cendre,
Un peu tristes, peut-être et très doux, ils liront
Des vers où vous direz que je fus belle et tendre,
Et sur le livre refermé, s'embrasseront.

Pierre Louÿs découvre l'Amour tel qu'il ne pouvait l'imaginer, mais sa lucidité, sa profonde conscience des sentiments, son expérience des palpitations des âmes lui font entrevoir la vérité : « Donc, cette quadrature impossible – l'union – s'est faite. J'avais trouvé depuis cinq ans (et c'est une des plus belles découvertes de la pensée), que fort au-dessus de "je t'aime" et combien plus riche de puissance et d'attraction il y a "tu m'aimes". Mais "nous nous adorons" est invraisemblable. C'est là qu'est l'Apogée, mais aussi c'est là qu'est la fin. »

Marie aura tout pardonné à Louÿs, Zohra, ses voyages au Maghreb, ses lettres de rupture. Mais leur passion s'éteint lentement, inexorablement à partir de 1900, quand Louÿs prend pour maîtresse Polaire. La doublure dissolue de Colette – fabriquée par Willy, qui fréquente leur lit à toutes deux –, une agressive vulgaire, incapable de se contrôler. Connue pour sa taille de guêpe de 42 centimètres, elle séduit Louÿs par sa maîtrise du sexe, son aisance à pousser toujours plus loin les limites entre le plaisir et la douleur. Mais comme Willy et Colette ont fini par la trouver plus encombrante que sensuelle, plus hystérique que passionnée, Louÿs rompt – il la retrouvera des années plus tard, assez accablé pour se consoler dans ses bras d'araignée. Marie ne lui pardonnera jamais Polaire, que Louÿs puisse préférer cette sangsue sans éducation, une vedette de pacotille, à une femme de lettres ! Louÿs lui propose encore de le rejoindre, mais elle n'y voit point de flamme qui réchauffe : il l'a épuisée, en doutant, en lui préférant l'Orient, en étant incapable d'écrire pour gagner sa vie, en se plaignant de sa femme – ce qu'elle comprend –, des problèmes d'argent – ce qui la surprend. Quand Louÿs lui écrit : « Quand j'ai à me demander tout le temps comment je déjeunerai le lendemain, je ne peux penser aux malheurs de Démétrios, les miens passent avant », Marie ne comprend pas. Écrire, c'est écrire, il n'y a pas de déjeuner, de rendez-vous, de maux de ventre qui comptent. Marie écrit quand il s'agit d'écrire, la torture poétique n'existe pas pour elle. Marie est une femme qui ne pardonne les faiblesses que si elles s'accompagnent d'une passion – littéraire ou amoureuse. Les gémissements sans but la refroidissent. Puisque Louÿs râle et que ce spectacle lui est intolérable, elle choisit l'excitation à distance : ils échangent des cartes postales érotiques, elle n'a pas son pareil pour répondre à Pierre, d'égal à égale, ainsi sur une carte postale :

Les vieux messieurs prennent mes tresses
Afin de jouer au dada
Et je leur montre mes fesses
Un brin de réséda
Espérez que bientôt toutes les aubépines
Fleuriront sans succès la haie et les buissons
Et que vos mains tiendront au lieu de fleurs, les pines
Fraîches et roses de tous les verts garçons.

Marie a besoin du sentiment amoureux, d'un rendez-vous à attendre, d'un lit à décrire, de détails à arranger, d'éternité à immobiliser. Elle est lasse de Pierre, elle décide qu'elle est lasse des hommes :

Enfin lasse de l'homme, et lasse de l'amour,
Du désir renaissant de la nuit et du jour,
Lasse d'être la proie irritée ou servile,
Celle que l'on convoite avec un cœur hostile…

Elle considère qu'elle a davantage aimé Louÿs qu'il ne l'a aimée. Car Marie a beau s'esquiver quand Louÿs lui rappelle qu'il a gardé l'appartement de leurs *Noces mystérieuses*, et que lorsque la saison s'y prête il le fleurit des pivoines tant aimées, et ne manque plus qu'elle pour animer ce qui risque de devenir un musée poussiéreux des temps heureux, elle a beau regarder ailleurs, Marie, écrire son ennui à Toche, se mesurer aux combines de Georgie – persuadée d'en sortir vainqueur –, elle aime encore Louÿs. Elle brûle encore. Tant qu'un autre ne viendra pas combler ce cœur, elle demeure attachée à Louÿs et se venge de ses abandons, de Zohra, de Polaire, des filles du Quartier latin, de cet Orient qui lui a tant coûté d'attente.

Marie ne pouvait rester ainsi avec ce trop-plein d'émotions en elle, cette énergie sensuelle que ne comblait plus la poésie, ainsi elle se fit romancière. Sur les ruines de son premier amour, Marie de Régnier bascula vers le roman où elle excelle.

Pierre et Marie s'écriront encore, tenteront le roman épistolaire érotique, se retrouveront dans leur garçonnière, s'échaufferont, feront encore l'amour jusqu'en 1903, par intermittence, par habitude, par refus de laisser mourir ce qui les a si sublimement unis, puis à la passion succédera l'amitié durable, se rassure Marie. Elle se trompe.

Car entre-temps, Marie remarque que sa cadette Louise est amoureuse de Pierre. Une idée germe rapidement dans son esprit pratique, une idée qui lui faciliterait la vie et rendrait le sourire à sa sœur : si tous deux se marient, elle pourra voir Louÿs encore plus librement. Pour le convaincre, elle touche sa fibre érotique et flatte son esthétisme : comparer les deux sœurs dans l'intimité, les photographier dans les mêmes postures, y puiser l'inspiration, passer de son corps à elle à celui de Louise, l'une le jour, l'autre la nuit, être prisonnier dans les chevelures de jais du matin au soir… Si Louÿs est excité par l'idée, c'est qu'elle vient d'une Mouche alanguie qui énumère les postures, les odeurs, les pleins, les creux et les cris. Indécis, fuyant, Louÿs se laisse porter par les événements, ne pense qu'à mouler le sein de Mouche – ce qu'il fera –, à l'attendre dans leur garçonnière – elle est toujours en retard –, à la photographier – avant et après l'amour –, puis à l'accompagner chez elle où il reprend son appareil pour immortaliser son fils et la mère.

Pendant ce temps, Louise s'énerve, Louise s'emporte, Louise réclame, Louise exaspère – ses sœurs, sa mère, son père, Henri et Louÿs. Elle voudrait se sentir libre pourtant, elle voudrait être fière de ses fesses, étaler ses beautés intimes, offrir son corps longiligne et gracieux à Pierre d'abord, à la postérité ensuite. On ne remarque que ses efforts pour cacher son malaise. Loulouse n'a pas l'aplomb de Mouche. Quoi qu'elle fasse, Louise n'est qu'une copie (ratée) de Marie qui devant l'objectif est d'un naturel confondant. Mouche se déploie envoûtante, totalement offerte, sans mièvrerie. Marie ne prendra conscience de son erreur que bien plus tard : Louise n'est pas faite pour Pierre. Elle ne dira rien, son amant non plus, mais le regard vide et gêné de Louise sur les photographies raconte leur sottise à tous deux.

Louÿs ne voit tout simplement pas Loulouse. Son regard la traverse pour atteindre Marie. Le 21 mai 1899, à la nuit tombée, Louise vient sonner à sa porte, comme Marie l'a fait quatre ans plus tôt, pour se donner à lui. Louise a trouvé une excuse qu'elle pense originale – les éternelles dettes de son père –, et se propose de devenir sa secrétaire pour aider sa famille, sans savoir que son aînée est passée par là, avec presque le même prétexte, pour s'offrir à Louÿs, malgré le sacrifice de son mariage pour sauver le même père des mêmes dettes. Louÿs sourit, elle rougit, et il s'avance vers elle, vers la même lumière qui était tombée sur les épaules nues de Marie, sur ses cheveux qu'elle avait défaits avec une hardiesse qui l'avait surpris venant d'une vierge, et cette même odeur, l'ambre, que partagent les sœurs et la mère, et jamais la ressemblance entre les deux sœurs ne fut plus évidente et plus troublante et Louÿs continue d'avancer vers Marie à travers Louise.

Le lendemain, il se sait perdu mais l'honneur commande le mariage. « Vous vous êtes donnée à moi aujourd'hui, très simplement, avec toute la confiance et l'abandon d'une affection dont je ne doute pas. Vous êtes ma femme. Je vous aime, je vous remercie, je suis à vous pour toujours. Je vous promets le bonheur si je puis vous le donner, et vous serre dans mes bras. » L'amour de Louÿs est déjà éteint, il sait son erreur, mais l'honneur, vous comprenez, l'honneur ! Même dans ce milieu, même dans cette famille, malgré le manège adultérin de Marie, malgré les provocations publiques de Mouche, les érotiques de Louÿs, malgré les libres penseurs, l'honneur est dans l'hymen. Louÿs demeure un homme du monde, il ne peut « faire ça » à José Maria, contredisant dans la vraie vie ses théories littéraires et ses revendications : « Je suis agacé et un peu scandalisé en voyant que tous les écrivains européens, sans en excepter un seul depuis mille ans, ferment les rideaux du lit en même temps que leur chapitre. Pour moi, c'est là que le roman commence, et que les plaisanteries doivent cesser. Si je n'ai pas dit encore tout ce que je voudrais dire, c'est que les lois actuelles ne le permettent pas jusqu'ici. Mais je ne désespère pas de voir en France une "liberté morale" égale à la liberté religieuse qu'on nous accorde. »

Les fiançailles se tiennent à peine quinze jours plus tard, pour ne pas donner le temps à Louÿs de fuir au Maghreb, et la noce au mois de juin pour éviter le scandale d'une grossesse hors mariage. Marie rayonne dans une robe rouge cerise dite « singe malade » – elle le répète après chaque bonjour – et c'est une manière bien à elle de garder l'ascendant sur sa cadette, de prendre la première place dans les souvenirs des convives, le bon mot mystérieux de Marie, l'esprit si hardi de Marie, et tout le monde se souviendra que Louise n'est qu'un macaque, qui reproduit les gestes et mimiques de son aînée dont elle possède seulement les traits.

Marie en est-elle seulement consciente ? Elle n'est pas innocente, de cela nous pouvons être certain. Mais n'ayant jamais été qu'adorée, est-elle consciente de toujours faire en sorte qu'on l'adore ? Que Louise ne s'imagine pas pouvoir lui ravir quoi que ce soit, en société comme dans l'intime. Marie est égoïste et encore amoureuse de Louÿs, ingrédients redoutables qui expliquent qu'elle ait davantage brillé le jour du mariage de Louise que sa pathétique cadette. Et Louise ? Qu'a-t-elle ressenti, elle qui n'a jamais eu un mot critique à l'égard de son aînée ? N'a-t-elle jamais entendu les rumeurs d'infidélités de Marie ? Alors que tous savaient ? Ne voulait-elle pas justement épouser celui qui n'était que l'amant de sa sœur ? C'est une manière d'exister pour celle qui vivait dans la lumineuse ombre de Mouche… Louise voulait Pierre Louÿs parce que Marie le désirait,

Loulouse voulait Pierre parce qu'il était beau, elle voulait Louÿs parce qu'il était célèbre ! Aussi célèbre qu'Henri. Les mariages sont toujours des malentendus. Avant de mourir, Louÿs, lucide jusqu'au bout, résumera d'une phrase son désastreux mariage : « Louise, je l'ai épousée par pitié, elle m'a quitté par cupidité. »

Si Louÿs est allé au bout de cette mascarade, c'est qu'il est pris corps et âme dans la passion pour sa Mouche. Nous sommes à l'automne 1899. Leurs grandes heures d'amour dureront jusqu'à janvier 1900. Vingt-sept mois. De quoi nourrir une œuvre. Une vie.

Des années plus tard, alors que Louÿs cherche l'auteur de ces vers qui l'obsèdent depuis plusieurs mois,

Ouvre sur moi tes yeux si tristes et si tendres,
Miroirs de mon étoile, asiles éclairés,
Tes yeux plus solennels de se voir adorés,
Temples où le silence est le secret d'entendre,

en interrogeant ses proches, en compulsant sa bibliothèque, en fouillant dans des vieux papiers, il découvre stupéfait que ces vers sont de lui : c'est le premier acte de ce qui deviendra le « Pervigilium Mortis ». Il avait oublié le 29 novembre 1898, tout comme Marie s'était effacée, leur histoire broyée par ses infidélités chroniques et les complications du stupide mariage avec Louise. Il se rappelle qu'il avait compris son erreur, le jour du mariage avec la cadette, quand avant de partir en voyage de noces il avait envoyé un mot, une phrase à Marie : « Marie ! Marie ! Marie ! Qu'avons-nous fait de nous ! *We've kissed away Kingdoms and provinces* mais plus qu'Antoine et Cléopâtre, car tout cet univers, c'était toi et moi. »

Trois mois après avoir achevé le « Pervigilium Mortis », en 1925, Louÿs mourra dans la solitude. Aucun des membres du clan Heredia n'assistera à son enterrement.

Téhéran, 1957-1958

La Tortue se demandera longtemps si, sans la rencontre avec Marie, Forough aurait quitté Téhéran – ne serait-ce qu'un temps. Il était humble, il n'osait formuler sa véritable interrogation : serait-elle partie à Rome sans notre rencontre ? Il aurait aimé jouer un rôle décisif dans sa vie, lui donner la force de s'éloigner de ce qui l'empoisonnait, sa famille, son ex-mari, son fils, son pays natal. Mais les dés étaient lancés avant leur rencontre. S'il était parvenu à la sauver, elle aurait choisi Paris et ne serait jamais revenue.

Forough lui demande parfois, après l'amour, de lui réciter le « Pervigilium Mortis », et s'endort en tenant sa main, se prenant pour Marie, rêvant d'être une femme sensuelle qui mériterait un tel poème. Aucun Iranien n'aurait pu lui écrire un tel poème après lui avoir fait l'amour. La Tortue attend la veille de son départ pour Rome pour oser l'interroger sur le scandale qui a précédé leur rencontre.

Forough raconte tout, sans censure, sans honte. La Tortue a toute sa confiance. Elle lui raconte la dignité perdue dans le divorce, la dignité en berne de la femme poète. L'enfant n'est pas consolant, l'enfant n'est qu'un intestin, il n'est que source de culpabilité, elle ne désire qu'écrire, s'isoler, trouver quoi dire en pensant à Ahwaz, au corps de Parviz. Divorcée, elle peut marcher seule dans les rues, elle est perdue, le jour, la nuit, les rues lui appartiennent. Elle se balade mais il lui faut un but, elle se propose de faire les courses pour sa mère, sa belle-mère, ses belles-sœurs, de sortir Gloria pour lui trouver du tissu, d'accompagner Pouran enceinte faire quelques pas. Elle se rend utile, joue la vertu, baisse les yeux, sourit, son chemin de croix est au service des autres. Vieille fille divorcée et impure.

Et puis, un jour où elle n'a ni sœur à sortir, ni course à faire, ni sacrifice à offrir, ses pieds empruntent malgré elle les chemins de traverse, elle va vers les ruelles sombres, elle marche lentement, lève les yeux, croise ceux des inconnus. N'ose pas. Concupiscence. Elle frissonne, se jure de ne plus y retourner et y retourne pourtant. Le démon de la concupiscence est en elle, elle garde les yeux levés vers l'inconnu un peu plus longtemps chaque jour qu'elle s'éloigne de la maison. Elle joue avec le feu, les flammes la prennent une après-midi de juin. Ses lettres à Parviz répètent à l'envi sa fidélité à partir de cette date, alors qu'elle ne lui doit plus rien, elle lui offre le mensonge qu'il attendait tant lorsqu'ils étaient mariés.

Forough suit un homme au bout de la ruelle, un jour de juin, elle ferme les yeux sur l'inconnu quand il la colle soudain contre un mur, il sent la sueur et l'impatience, elle abandonne, vaincue, son corps à ses caresses, elle retire sa culotte, il la prend debout, il la harnache, pressé, de peur qu'elle ne s'enfuie, elle ouvre les yeux sur les rayons du soleil qui parviennent difficilement jusqu'à la ruelle toujours humide, elle sourit comme elle n'a pas souri depuis Ahwaz et la journée passée à la mer, quand

Nous dormions et le rayon du soleil
rampait doucement sur nos corps.
Sur les faïences de la terrasse,
la main de la lumière traçait nos ombres à la hâte.
Les ombres de son envie dissimulée
rampèrent soudainement sur son visage.
Le soleil attrapa ma chevelure
et le ciel glissa dans ses yeux.

Elle a rapidement joui, sans faux-semblant, l'inconnu éberlué devant tant de générosité lui demande où est son trottoir habituel… Forough lui caresse le visage en guise de réponse. Quand les femmes jouissent, les hommes n'y voient qu'un accomplissement professionnel. Les sentiments comme les râles de plaisir féminins doivent être discrétions, ils comptent pour du beurre. Forough est une pute, non seulement parce qu'elle offre son corps mais aussi – surtout – parce qu'elle hurle ses sentiments en plein jour.

Parviz ne se reconnaissait pas dans ses poèmes, il y voyait d'autres hommes, des étrangers, dont il suffisait à sa femme de croiser le regard pour les suivre, il sentait en elle une curiosité et un besoin d'abandon, une volonté de se lover dans le souvenir de corps inconnus. Elle aura exaucé ses démons après le divorce. Elle se découvre dans les amours de passage, des amours sans nuit, sans lendemain, des amours debout qui soulagent et cicatrisent les absences et les manques tout en donnant un sens au calvaire de son mariage.

Mais les familles voient, les familles pointent le signe de Satan sur la peau de Forough, les longs cris de sa mère qui la décrivent comme moins que la boue, une pis que la honte, la plongeant dans les eaux marécageuses du remords, et soudain même l'amant de passage, l'étranger la dépasse en innocence, elle ne mérite ni le mari ni les amants :

Laisse-moi, car je suis blessante,
inconstante, faible et pécheresse.
J'ai dans la poitrine un cœur fou
et dans le cœur mille et un caprices.
Ton cœur est pur, mon nom entaché.
J'ai partagé l'intimité des étrangers.
Tu es ivre du vin de mes baisers
et moi, des gorgées de vin, enivrée. (…)
Tu arrives tard et j'ai perdu mon honneur.
Tu arrives tard et je suis noyée dans les péchés.
Le vent de l'humiliation et de l'infamie m'éteint
et je me consume comme une chandelle.

Elle est la femme errante. Rien ne peut pardonner le péché de chair, rien ne peut effacer l'infamie, décuplée par l'ombre de l'adultère. Forough cherche dans sa nature, en Dieu, dans le destin, là où son esprit se pose au gré de ses déambulations mentales, une raison valable, une réponse, elle interroge Parviz, elle lui demande à lui, l'ex-mari jamais trompé, pourquoi est-elle ainsi ? Elle endosse l'adultère qui n'aura été commis qu'après le divorce : « Je ne sais pas quelle force étrangère et mystérieuse m'a poussée vers cet abîme. Pourquoi ai-je cédé ? Je n'en sais rien. Parfois j'en ai tellement assez d'avoir pensé à ce sujet que je me dis : "Cela ne peut pas être autrement. Tout ce qui s'est passé a été normal et fait partie de mon destin. Je dois me soumettre à ce destin qui a versé goutte à goutte, dans ma gorge, le poison du malheur au lieu du nectar du bonheur." »

Elle tâtonne dans la boue de l'immoralité. La femme divorcée, la femme qui a perdu son enfant, écrit à Parviz tous les jours, dit regretter. Elle fait comme sa mère qui cherche partout le péché, le trouve partout pour pouvoir le chasser avec piété et être certaine de se réserver une place au paradis, là où elle n'aura plus à se justifier de préférer la beauté du jardin à celle du froc des faux dévots qui tuent.

Mais Forough est devenue poète malgré l'opprobre social et moral. Forough est publiée, son portrait orne les poèmes repris par des magazines sérieux, des magazines d'intellectuels. Elle reçoit les dernières publications, lit tout ce qu'elle reçoit, rédige des critiques, s'intéresse à toute la production littéraire. Un jour, elle tombe sur un conte, *Le vieux poisson et la mer*, écrit par Nasser Khodâyâr, rédacteur en chef du magazine littéraire *Rochanfekr*, écrivain et présentateur radio, une personnalité publique. Forough l'appelle à son bureau et, sans se présenter, sans transition lui offre une critique étayée de son conte. Il est tellement stupéfait par la qualité de ses remarques qu'il lui propose de la rencontrer. Forough recule, elle s'excuse, les cris de sa mère, la honte de son père lui reviennent comme une piqûre de rappel. Les inconnus ont l'avantage de demeurer inconnus. Nasser est un homme public, elle ne peut aller le voir sans risquer une suite, une relation ne serait-ce qu'amicale, elle n'ose pas. Nasser s'étonne, hausse les épaules et constate, après coup, qu'elle n'a même pas donné son nom. Forough tourne en rond dans sa chambre, chez ses parents, Kâmi est chez sa belle-mère, elle hésite, elle a envie de voir Nasser, elle veut lui parler encore, elle est avide d'un interlocuteur, elle veut lui dire ce qui ne va pas dans son conte, lui reprocher ses prises de position dans son émission, ses éditos qui ne laissent pas assez de place à la poésie moderne, sa vision des poètes déformée par sa jalousie d'auteur médiocre. Elle le rappelle. Il lui donne rendez-vous à l'entrée de l'université de Téhéran à vingt heures. Ils marchent d'abord en silence, puis elle s'anime, il est fasciné. Il répond, plus intelligemment qu'elle ne s'y attend, elle trouve du charme à son regard, du velours à sa voix. Il est tard, ils écument les rues, épuisent leurs pas, et décident de se retrouver le lendemain. Elle ne lui a toujours pas donné son nom. Il n'a pas pensé à le lui demander, il la trouve intelligente mais étrange, son débit est trop rapide, son regard fuyant et ce pantalon la moule trop. Nasser est peut-être un intellectuel, mais comme Parviz il reste un Iranien qui mesure la vertu à la quantité de tissus qui couvre le corps des femmes.

Le lendemain, ils se retrouvent de nouveau devant l'université, mais en pleine après-midi. Après quelques pas, Forough lui prend la main et l'entraîne dans une pièce inhabitée au-dessus d'une boutique, « La Maison des tapis », dont elle connaît le propriétaire, adorateur de poésie, qui l'admire et la respecte, et où elle a pris l'habitude de se réfugier. Il la suit. Ils font l'amour. Plusieurs fois. Il ne sait toujours pas son nom. Elle fuit la réalité dans l'anonymat. Il s'interroge : est-ce une professionnelle instruite ? Une étudiante qui se vend ? Elle ne lui a pourtant pas demandé d'argent. Son visage lui dit bien quelque chose, mais il ne parvient pas à la fixer – depuis la publication de son premier recueil et son divorce, elle s'est teint les cheveux en noir.

Elle lui donne de nouveau rendez-vous le lendemain, il est à l'heure, elle est en retard. Ils font l'amour jusqu'à épuisement. Elle se donne comme il n'a jamais vu une femme le faire, elle s'attache à son corps, chaque parcelle de sa peau vibre, elle aime tout, elle réclame tout, elle donne tout.

En sueur, une cigarette à la bouche, elle tâtonne vers le tas de vêtements étalés par terre. Dans son sac se trouve un cahier d'écolier à la couverture verte. Elle l'ouvre pour lire silencieusement, comme s'il n'était plus là. Il la regarde, cherchant encore ce qui dans ce visage la rend si familière. Elle lui tend le cahier d'écolier à la couverture verte et lui désigne une page où d'une écriture fine elle a écrit un poème. Il lève les yeux vers elle et lui demande qui est l'auteur. Elle répond que c'est elle. Il éclate de rire et lui demande qui elle a plagié. Forough est si interloquée qu'elle éclate en sanglots. Il ne la console pas, il ne s'excuse pas, il ne la regarde même plus mais en profite pour lire les autres poèmes du carnet… Il est littéralement saisi quand enfin il la reconnaît : Forough Farrokhzad qui était quasiment blonde est devenue brune aux cheveux courts ! Forough Farrokhzad que tout le monde dit « presque » divorcée, Forough la provocante. Il aurait dû s'en douter. Trop cultivée pour être une pute, trop racée pour être une provinciale, trop libre pour être n'importe qui. Nasser l'interroge. Ils sont nus, ses larmes ont cessé, elle fume une cigarette, elle ne répond pas. Il finit par la prendre dans ses bras mais il est refroidi par son talent. Il trouve en lui un soupçon d'affection mais cherche déjà un moyen de l'exploiter. Forough se calme, il lui caresse la tête tout en gardant un œil sur le carnet vert. Forough doit emmener son fils chez le médecin le lendemain, rendez-vous est pris pour le début de semaine, au même endroit, dans cette pièce poussiéreuse et cachée aux regards.

Forough revit, elle écrit, oublie de se nourrir. Elle l'aime. Elle se sent invincible tant qu'elle peut trouver refuge dans *des bras chauds et enflammés.* Elle ne sent plus la morsure de la culpabilité, elle ne se déchire plus dans ses lettres à Parviz, ne s'excuse plus. Elle est inspirée. Ainsi naît « Le péché » qui ouvrira son deuxième recueil de poésie.

Dans ce lieu calme, sombre et muet,
je me suis assise près de lui, agitée.
Ses lèvres ont versé l'envie sur mes lèvres.
Du chagrin de mon cœur fou, je me suis libérée.
Une histoire d'amour, je lui ai racontée :
« Je te veux mon bien-aimé !
Je te veux, toi dont les bras sont vivifiants
Je te veux toi mon amoureux fou. »

Elle ne voit que Nasser, elle ne pense qu'à l'instant des retrouvailles pour lui soumettre les fruits de sa féconde attente. Nasser s'enorgueillit, il est déjà en train d'écrire. Forough ne se doute de rien. Il raconte au petit cercle de jeunes poètes qui le courtisent pour être publiés dans sa revue ou invités dans son émission : « C'est moi qui ai fait Forough. » Quand le carnet vert d'écolier est plein, elle le lui offre. Ce qui pour elle est une offrande, le signe de son Amour et de sa confiance, est pour lui une preuve de leur proximité, la preuve que c'est lui qui l'a inspirée, qui en a fait une grande poète. À la lecture de la première version du « Péché », il jubile. Car, avant le définitif : *Je te veux toi mon amoureux fou*, Forough a écrit : *Je te veux toi mon Nasser*. Forough plane dans les cimes de la passion. Elle ne pense même pas au mariage, elle ne pense même pas à officialiser, quitter ce lieu calme, sombre et muet pour un lit plus accueillant, un décor plus chaleureux, elle ne pense qu'à une chose : le retrouver, faire l'amour et se laisser inspirer.

Une après-midi, il n'est pas présent au rendez-vous, le lendemain non plus. Elle l'appelle. Chez lui, au bureau. On ne le lui passe pas, il ne répond pas. Elle souffre à hauteur de son emballement. Elle ne se nourrit plus, ne voit plus son fils – qu'elle a encore le droit de visiter une fois tous les quinze jours, puis bientôt plus du tout –, elle n'écrit plus à Parviz, elle se vautre dans le souvenir, se réfugie dans la chambre au-dessus de la « Maison des tapis », inquiétant le propriétaire qui lui dépose de quoi manger devant la porte, qui gratte affectueusement le vieux bois, lui chuchote son soutien, sa dévotion totale. Forough écrit fiévreusement. Elle comble l'absence par les mots, ressuscite la peau de Nasser, les mains de Nasser, le souffle de Nasser, le visage de Nasser.

La chute n'en est que plus rude. Elle a complètement oublié qu'il ne peut être qu'un homme comme son père, comme son mari, fabriqué dans le même moule. Elle n'imagine pas que cette rencontre sous des auspices littéraires, dans ce refuge de poussière, sous la bienveillance d'un vendeur de tapis amoureux de poésie, puisse se transformer en une honte publique.

Le 28 septembre 1955, paraît la première partie du feuilleton *Le Bourgeon bleu* signé par Nasser Khodâyâr, dans sa revue *Rochanfekr*, illustré par le portrait d'une femme qui est Forough – impossible de ne pas la reconnaître, comme s'il se vengeait de ne pas l'avoir reconnue. Son nom n'est pas écrit, mais c'est elle, l'audacieuse, la satanique, la dangereuse Forough Farrokhzad. Nasser raconte en détail leur rencontre, les après-midi de sexe, les confidences de Forough sur son mariage, son fils, sa famille, ses angoisses. Tout y est, tout y est sali. Chaque page, chaque phrase, chaque mot est un poignard dans le dos de Forough. Les ventes explosent dès le premier numéro. Neuf autres suivent jusqu'au 30 novembre 1955. Deux mois de torture. Forough envoie des amis, Fereydoun, des lettres, des avocats, elle envoie son monde frapper à la porte de Nasser pour qu'il cesse la publication, il refuse. Il dit « non », comme son père et son ex-mari. Fereydoun le menace, Nasser lui rétorque de tenir sa sœur, la diablesse, la pécheresse, la tentatrice. Jamais sa revue ne s'est aussi bien vendue. Forough ne peut plus faire un pas sans être reconnue. On la montre du doigt, on la dévisage, on lui lance au visage des extraits des scènes érotiques. Le marchand de tapis la défend, elle s'installe dans la chambre abandonnée. On l'y découvre, on casse les vitres. Elle retourne chez ses parents. Son père ne lui adresse plus la parole, sa mère l'insulte constamment, seul Fereydoun la protège. Ses sœurs ont honte, pas Forough. Elle ne regrette pas un instant ce qui a été vécu, elle se désole de la piètre qualité de la nouvelle, des métaphores de matador, des descriptions pornographiques, de l'absence de profondeur, des confidences détournées, de son regard qui n'est plus étoiles mais seulement assoiffé de sexe. Tout y est cru, tout y est sans poésie. Comment a-t-il pu être si médiocre après ce qui a été si merveilleusement vécu ? Comment ?

Mais la déception répétée sur tous les tons de Parviz, « je l'avais bien dit, je le savais, elle ne sait pas tenir son désir en laisse, c'est une chienne en chaleur qui épuiserait un régiment », les regards sadiques du voisinage, les propositions des hommes, les vieux, les jeunes, les enfants, tous la condamnent. Forough craque. Elle ne se lave plus, ne dort plus, n'accepte plus que de voir Fereydoun. Elle ne parle plus, n'écrit plus. Fereydoun, qui n'a pas dix-sept ans, décide, seul, de faire hospitaliser sa sœur pour l'isoler de la boue, pour qu'elle se repose, pour qu'elle échappe aux regards et aux insultes.

Fereydoun l'accompagne à la maison de repos Rézâ'ï de Téhéran et y retourne chaque jour pour interroger les médecins. Les docteurs et les infirmiers se cachent pour demander des autographes à Forough, placée à l'isolement un mois durant. Beaucoup l'admirent, très peu l'assument. Elle a manqué mourir.

Un assassinat par médiocrité littéraire. Si seulement Nasser avait su écrire !

À sa sortie de la maison de repos, Forough n'est plus la même. Elle n'a plus peur, s'en veut presque d'avoir été si faible face à la curée. Elle écrit à Parviz pour lui réclamer son douaire, sans agressivité, en le remerciant d'avance, en s'excusant de l'avoir entraîné dans ce mariage, dans ce couple impossible, lui assure son amour, jure de ne jamais plus aimer un homme comme elle l'a aimé, enrobe sa demande de mille précautions, de quantité de promesses d'éternité, lui apprend qu'elle lui dédie son deuxième recueil de poésie, *Le Mur*, que les éditeurs s'empressent de publier pour profiter de la publicité du *Bourgeon bleu* : « À Parviz, en souvenir de notre vie commune, et j'espère que ce petit cadeau sera une réponse à sa gentillesse infinie. » Le recueil s'ouvre sur « Le péché »... Cadeau empoisonné qui sera jusqu'à la mort de Forough un déshonneur pour le mari, avant de devenir sa gloire. Lui dédier *Le Mur*, c'est lui raconter la vérité sur ses infidélités, lui mettre sous les yeux la réalité de la Forough qu'il n'a jamais su comprendre, lui offrir noir sur blanc, sentiments sur émotions, les causes de leur désastreux mariage. Elle craint davantage de ne pas récupérer son douaire que les foudres de Parviz. Son deuxième recueil confirme qu'elle est une femme libre.

Dans *Le Mur*, elle ose une profanation – une de plus –, un poème qu'elle a écrit au plus fort de sa passion pour Nasser qui ne la méritait pas. « Sur la tombe de Leylî » est la réponse cinglante d'une poète à sept siècles de poésies qui ont oublié le corps et la jouissance.

L'histoire d'amour de Majûn et Leylî a été chantée par tous les poètes orientaux sur le mode de la perte et du souvenir, de la communion divine et de la chasteté par défaut. L'histoire est restée la même depuis la nuit des temps : Majûn croise Leylî subrepticement, en tombe fou amoureux instantanément, la chante sur tous les tons, le temps que, malade, elle meure, puis Majûn décide qu'il connaît la vérité de l'amour dans la perte et il chante la pureté de cet amour non consommé jusqu'à sa mort. Quant à Leylî, elle ne parle jamais, elle n'a pas le temps, elle meurt trop vite. Le corps de Leylî reste vierge de caresses mais gonflé de vers. Aucun poète en sept siècles n'a varié de ce cadenas dramatique. Forough Farrokhzad passe le Rubicon : elle offre non seulement une voix mais surtout un corps à Leylî, qui crie son désir, veut connaître la chair, sollicite la jouissance avant la mort. Elle n'a que faire des chants d'amour qui la momifient dans la gloire de Dieu, elle veut jouir, ici et maintenant. Le paradis, elle s'en fout. Tant pis pour la postérité, le présent seul comble la douleur de mourir. Forough se réclame de Leylî, elle se confond en elle, marie leurs destins en se déclarant sa descendante, célèbre la chair oubliée, réclame son dû de plaisir et engueule Majûn :

Si dans les yeux de Leylî fleurissaient la nuit,
dans mes yeux, éclôt la fleur ardente de l'amour.
Sur le bourgeon de mes lèvres éteintes coulent
tant d'histoires sur les ruses agréables de l'amour.
Tu es captif des chimères et tu es ignorant ! Reviens !
Voici mes lèvres, cette coupe de baisers !
Si nous pouvions échapper au piège des baisers,
des baisers nous ne serions plus les esclaves !
Pourquoi ne te dirais-je pas, ô regard familier,
c'est moi la mariée de tes songes persistants !
C'est moi la femme qui est passée d'un pas léger
sur la tombe froide et éteinte de l'infidèle Leylî.

Ce fut à l'occasion de ce qu'on n'appelait pas encore la promotion d'un livre que la Tortue osa aborder Forough et lui offrir Marie. Moins d'un an plus tard, Forough s'envole pour Rome. La Tortue espère qu'elle ne reviendra jamais, que l'Occident parviendra à la retenir, la détourner de l'Iran, de ses attaches qui n'en sont pas. Fereydoun s'est installé à Munich, Pouran et Gloria ne la fréquentent plus que dans le secret, elle n'a rien qui la retient ici – pas même Cyrus, il est trop frais dans sa vie, elle ne sait pas qui il est vraiment, Marie, Pierre et Henri prennent toute la place. S'il n'a pas eu le temps de lui raconter toute la Belle Époque, il peut lui écrire, entretenir son besoin de s'abreuver à la source de la liberté. Il est faux de dire que la vie est injuste, c'est nous qui y injectons l'injustice, c'est nous qui, au gré de nos sentiments contradictoires, de nos incapacités à mesurer les conséquences de nos actes, bousillons le fil des vies de ceux que nous aimons sous le prétexte de nous rendre plus heureux. La vie est égoïste. Pourquoi Forough est-elle revenue si ce n'est pour se faire aimer de son père ? Forough pense devoir convaincre son père d'avoir fait les bons choix, d'être devenue une grande poète. Elle ne veut rien tant qu'être la fierté de son père, car elle sait sa relation avec le premier homme de sa vie viciée, et pense qu'en rattrapant cet amour raté, elle peut se donner une chance d'être enfin heureuse. Elle raconte à la Tortue, qui l'interroge sur la naissance de sa vocation, la première grande confrontation avec le père. Tout a commencé dans le jardin de Téhéran.

Téhéran – Paris

Il ne fallait pas amputer l'arbre de sa branche la plus forte, plus vivante que son tronc dont les racines se déboîtaient pourtant jour après jour. Il fallait l'aider à tenir avec un tuteur. Il ne fallait pas amputer l'arbre de sa branche la plus réussie car la plus inattendue et surtout pas une après-midi où elle était absente, une visite familiale, une excuse. Au retour, Forough sut avant de voir. Elle avait huit ans, peut-être neuf ans. On ne se souvient pas de l'âge exact, mais la colère fut imprimée en tous. Une colère d'adulte, une colère d'expérience. C'était la première fois qu'elle se dressait frontalement devant son père. Elle ne pleura pas. Elle lui dit qu'il avait trahi : la nature, l'arbre, la branche rebelle, elle, tous ses enfants, l'avenir. Comment pouvait-il être si certain que le tronc voulait qu'on le débarrasse d'une branche plus forte que lui ? Est-ce que son père la tuerait si elle devenait poète ? Peut-être que ce fut à cet instant précis, celui où elle dit à son père, devant ses six frères et sœurs, devant sa mère, au milieu du jardin de Téhéran, qu'elle serait poète qu'elle le devint. Son militaire de père, adorateur de poésie, passionné d'Histoire, érudit mais obstiné, si terriblement limité par la tradition, ce qui se fait et ce qui ne se fait pas, le voisinage, le qu'en-dira-t-on, la réputation, l'honneur. Ce père était un faux érudit. Elle le sut ce jour-là, elle sut qu'il n'hésiterait pas à amputer sa descendance de sa branche poétique.

Après ce jour, ce fut tout le temps, tous les jours, autour d'une serrure, d'une insolence, d'une injustice. Elle se plaçait, protectrice, devant ses frères et sœurs, toisait son père, et se déchaînait. Ce n'est pas juste, ce n'est pas vrai, ce n'est pas comme ça que doit être un père. Cela ne s'est plus jamais arrêté : les claques, la ceinture, la mutuelle incompréhension. Elle réclame, il refuse. Il ne sait pas comment elle fonctionne. Elle voit trop bien pourquoi il ne parvient pas à sortir de sa prison. La réputation. Le regard des autres. L'honneur. La servitude dont il se drapait avec fierté. Forough faisait toujours ce geste ample des bras, les mains arrachant dans le vide le voile qui couvrait le regard de son père, le maintenant dans les ténèbres. Pense par toi-même, lui jetait-elle, en mots, en gestes, en attitude, chaque fois qu'ils se retrouvaient face à face.

C'était devenu une scène de théâtre, chaque jour où il était là, il n'y était pas souvent, il partait en mission, il s'enfuyait pour le sexe, pour déverser son désir dans le corps des prostituées. Il avait installé une deuxième femme à domicile quand Forough avait deux ou trois ans. Une fausse femme épousée à Qom, la ville sainte, la ville bordel, mariage temporaire devant un mollah de pacotille, à côté du plus grand lupanar du pays. Il l'avait épousée pour la demi-heure. Il y était resté un mois. Il l'avait ré-épousée pour trois mois, et face aux lettres d'injures, de menaces et d'imploration de la première femme, devant la crainte de la réputation, il l'avait épousée pour de bon et emmenée avec lui à Téhéran. Forough ne s'en souvient pas. Elle ne veut pas s'en souvenir. La seconde épouse s'ennuyait. Une femme mariée ne s'amuse pas, ne rit pas, ne sort pas. Elle n'était pas féconde – en vérité elle savait y faire pour ne pas l'être. Elle avait filé en emportant les bijoux de valeur de la première épouse, le père l'avait répudiée, il avait repris le chemin des absences et des bordels.

Pendant ce temps sa mère devenait chaque jour plus hygiénique, plus obsédée par les germes, les maladies, les bactéries. Elle lavait ses sept enfants avec une vigueur à leur faire mal. La maison brillait du sol au plafond, rien ne dépassait, rien ne traînait. Plus le père jouissait, plus la mère lavait. La propreté contre la chair. La mère était si propre, le père tant absent. Forough regardait sa mère et ne s'y retrouvait pas. La mère la regardait et ne pouvait retenir la grimace de dégoût qui déformait son visage. Ses fils, eux, n'étaient pas sales, ils n'avaient pas tant de mystère, de frustrations, de saleté entre les jambes. Ses filles étaient sales. Elle ne le formulait jamais, c'eût été l'accepter. Le dire, c'eût été – peut-être – guérir.

Ses filles étaient sales parce qu'elles étaient filles. Forough surtout, qui refusait d'accepter ce sexe. Qui grimpait aux arbres, qui courait avec les garçons, tous ces jeux qui dévoilaient son entrejambe. Comment pouvait-elle être si inconsciente de ce sexe qui torturait sa mère ? Plus Forough exerce sa liberté enfantine, davantage sa mère lui retire de l'affection, comptant les jours avant la puberté, où enfin Forough sera consciente d'être une femme et cessera de prendre la pose de la liberté. La mère, qui n'était la femme que d'un seul homme, dut le partager avec des conquêtes qui augmentaient après chaque enfantement. Comme si le père se vengeait des grossesses de sa femme qu'il avait lui-même désirées. Couple toxique, querelleur, aride. Les sourires sont rares, ils bombent le torse de fierté entourés des enfants, devant la belle façade de la maison, tiennent leur rang. Ils sont beaux et inquiétants. La mère est entourée de ses enfants. Ils sont assis sur les marches en damier qui mènent au perron de la belle maison de Téhéran. Le père est debout, en tenue militaire, loin d'eux, en décalage, en surplomb, en lointain. Ils sont bruns, les yeux sombres. La mère est d'une blancheur de cygne, on faisait attention, on fait toujours attention en Iran à maintenir la pâleur du teint. Forough et Fereydoun, son frère adoré, ont la peau plus foncée. Ils passent trop de temps à l'air libre, ils bronzent vite, ils font honte à la mère, des paysans, voilà ce qu'ils sont, des paysans. Les autres enfants ont le teint blanc de la sagesse – ou de la terreur :

ils craignent tant les cris de la mère et la ceinture du père qu'ils préfèrent rester à l'intérieur. Ce qui surprend ce sont les regards des enfants, par en dessous, la tête baissée, les yeux fixes. Ils ont des regards d'adultes. Forough porte un nœud blanc dans ses cheveux et un collier de perles. Sa mère ne voulait pas, elle a rajouté le collier au dernier moment, en douce. Les photographies sont belles, décentes. Elles disent le statut social, le rang, la dignité, elles disent l'ennui et le malheur. Pourtant, Forough riait quand elle échappait aux regards des parents. L'enfance fut belle, l'enfance fut lumineuse. Le grand jardin de Téhéran, puis les bords de la mer Caspienne et la forêt magique du Māzandarān où se côtoyaient les fantômes du mythologique *Livre des Rois*. La violence du père s'effaçait devant la Beauté, l'harmonie, la puissance envoûtante de la nature. Forough croyait qu'en « plantant ses mains dans le jardin, elle pousserait », elle était « une fleur de joie », née libre, et la nature lui donnait raison en se déployant comme son imaginaire.

Mes sept ans,
ô instant magnifique de départ !
Après sept ans, tout ce qui s'est passé
s'est perdu dans une masse de folie et d'ignorance.

Après sept ans, Forough perd le fil de l'innocence, de la spontanéité. L'avant/après sept ans devient le pivot de son inspiration. Le premier rite de passage devient le premier combat : préserver l'enfance, ne jamais rompre le lien avec l'enfance, maintenir vivace ce premier émerveillement, cette liberté si vite arrachée. Cette toute-puissance inébranlable.

Elle avoue à la Tortue : « Peut-être diras-tu que le respect de la mère est dans tous les cas nécessaire. Mais je ne sais pas ce qu'est une mère. Car je n'ai pas bénéficié de l'affection maternelle. Je vois maintenant devant moi une ennemie qui essaie de me faire du mal de toutes ses forces. »

Forough ne fut ni la fille de sa mère, ni celle de son père. Sa mère demeurera un repoussoir, son père un ennemi. Elle tenta de le convaincre, de lui donner les clefs de la compréhension de son âme, elle décrivit minutieusement son mécanisme intérieur, elle lui offrit sur un plateau de quoi la saisir dans sa vérité. Le père dit « non » à tout. « Parfois, je me demande pourquoi Dieu m'a créée ainsi et pourquoi il a insufflé cette diablesse qui se nomme poésie en moi pour que je ne puisse pas avoir votre affection et votre approbation. » Implorante Forough, orpheline de l'affection de son père dès sa tendre enfance.

L'abîme entre Forough et Marie se concentre dans l'enfance et dans l'amour du père. L'une en a bénéficié, l'autre pas. Pourquoi ai-je été créée ainsi ? Cette question, Marie de Régnier ne se l'est jamais posée. Dans le regard de son poète de père, José Maria de Heredia, elle n'a jamais lu une réprobation, jamais un doute, mais une fierté constante. Lorsque Leconte de Lisle, l'ami-modèle de son père, l'appelle « mon confrère » après qu'elle lui a fait lire ses premières poésies à neuf ans, son père retrouve l'émotion qui l'avait étreint lorsqu'il avait tenu sa deuxième fille dans ses bras. Il attendait un garçon, Marie l'a séduit en un regard. De ses trois brunes de filles, Marie demeura sa préférée. Il se reconnaît en elle quand elle prend la parole, il admire sa beauté et sa fibre poétique.

Le jour où tu es née
Naquirent toutes les fleurs
Et dans le baptistère
Chantèrent les rossignols.

Marie est la fille de son père. Elle n'a pas besoin de demander au père de l'aimer, elle le sait, elle n'a plus qu'à vivre, elle a un temps d'avance, elle s'épanouit à travers l'inspiration, à travers les mots et les rires. Cette confiance absolue en ses désirs, Marie la trouve dans le regard que son père pose sur elle depuis sa naissance. Elle n'est sensible qu'aux mots de son père, qu'à l'odeur de son père, qu'au regard de son père. Lorsqu'elle fut la première femme à recevoir le Prix de l'Académie française, en 1918, lorsqu'elle fut reconnue en tant que Femme de Lettres, ce fut à son père décédé depuis si longtemps qu'elle pensa. À ce père dont elle avait été si fière quand il s'était installé sur un fauteuil de l'Académie française, devançant largement Zola et Verlaine.

La Tortue en est persuadé : le regard du père détermine la suite. Les filles de leur père sont plus épanouies, elles avancent avec davantage d'assurance, elles dansent avec plus de légèreté. Le destin tient dans ce regard, dans cette possibilité offerte ou niée. « Je ne suis pas une mauvaise fille » revient comme une litanie dans toutes les lettres de Forough à son militaire de père. « Je ne suis pas une mauvaise fille », aimez-moi, dites-moi que vous croyez en mon amour, prenez-moi enfin en affection. « Je ne suis pas une mauvaise fille », je veux être quelqu'un, quelqu'un qui « ne veut pas vivre comme ces gens qui par centaines de milliers naissent un jour et meurent un autre jour sans avoir laissé aucune trace sur terre ». « Je ne suis pas une mauvaise fille », je n'ai qu'une ambition, « arriver à un stade où mon père n'aura pas honte de parler du passé et qu'il me considérera comme la fierté de sa famille ». Ce manque-là, ce manque originel qui ne peut être comblé, ne peut être guéri.

Marie attendra quinze ans pour écrire le premier poème sur son père disparu. Quinze ans durant lesquels elle n'eut de cesse de mettre ses pas dans les siens, de demeurer proche de lui par le sens de la Beauté qu'ils avaient en commun. Elle ne s'est ainsi jamais séparée de la dernière lettre qu'il lui envoya, un mois avant sa mort, en 1905 : « Je te souhaite une bonne, la meilleure fête, et la belle santé de Tigre, et les beaux livres et les beaux vers. Je ne puis te souhaiter rien de mieux pour toi et pour Henri. Adieu mon enfant, et sous les pins, dans les œillets, au murmure de la mer, imagine et écris de beaux vers ou une tragique et charmante histoire comme *L'Esclave*. Je t'embrasse tendrement. »

En mesurant la distance entre elle et Marie, Forough saisit l'injustice de sa relation au père. Nous guérissons en acceptant l'inéluctable. Peut-être qu'il est déjà trop tard pour Forough. En guérissant de son père, elle aurait encore dû se consoler de sa mère, de ses frères et sœurs, de la société, des intellectuels, de l'Iran. Mais peut-on seulement guérir de son pays natal ?

Paris, Venise, Vérone, l'Amérique !
1899-1913

Forough interrompt Cyrus alors qu'il s'apprête à raconter la passion qui emporta Marie après Pierre Louÿs. Forough n'aime pas se livrer hors poésie, la Tortue lui arrache des confidences qui la font douter : et s'il lui prenait d'écrire, lui aussi ? De faire sa notoriété sur le dos de ses intimités racontées dans le brouillard du sexe et de la littérature ? Elle l'agresse, elle veut qu'il lui jure de ne jamais écrire sur elle, ni vivante, ni morte, ni un roman à clef, ni des poèmes d'amour, rien. Elle voudrait n'être que ses poèmes. La Tortue jure de ne jamais la trahir. Elle doute encore. « Je ferai ce que tu veux, je ne suis pas capable de trahison, je n'ai pas assez d'ambition. » Elle cesse instantanément ses accusations et acquiesce. Cyrus n'a pas besoin de travailler – il est riche –, il n'a pas besoin de satisfaire des parents – il est fils unique et orphelin –, il n'a ni pression ni comptes à rendre. Il est libre et humble, ni l'orgueil, ni le ressentiment ne l'habitent, la Tortue n'a pas à se venger de la vie. Cyrus remarque sa gêne : Forough, la première victime de l'ambition contrariée des Hommes, la première à sangloter dans ses bras quand le monde réel, ses jalousies, ses hontes, ses normes la condamnent, en somme la première à savoir exactement combien l'ambition transforme les Hommes en monstres, Forough la regarde avec pitié, car lui, l'héritier qui n'a qu'une passion, la poésie, est incapable de lui faire du mal, incapable de faire du mal à qui que ce soit, car il est assez libre et désintéressé pour l'aimer absolument et la protéger sans arrière-pensées. Alors, pris en étau entre la douleur et le désir, la certitude qu'il ne la reverra plus et l'amour qui l'empoisonne, Cyrus veut la faire souffrir. Et changeant son récit d'épaule, il fait remarquer à Forough que Marie n'a jamais écrit de chef-d'œuvre. Que certes, sa vie fut son œuvre, mais que l'Histoire qui obsède Forough ne retiendra de Marie ni ses poèmes, ni ses romans, ni ses chroniques. Que Marie de Régnier a fait le choix de la vie, du bonheur quotidien, du plaisir et qu'il est peut-être impossible d'être heureux et de laisser une trace – cette trace que Forough tient à laisser sur le fil du temps. Cyrus sait qu'il est en train de lui dire qu'une œuvre se paye comptant en malheur, il sait qu'il lui fait mal en justifiant ses souffrances, mais il continue en lui apprenant que peut-être que le chef-d'œuvre de Marie ne fut jamais écrit. Peut-être que son chef-d'œuvre devait être *Le Brelan*, roman détruit, roman censuré en interne, en famille.

Après l'aventure avec Georgie, Marie écrit un nouveau roman, en douce, alors que la correspondance érotique avec Louÿs, déjà marié avec Louise, est quotidienne. Il y est encore question d'adultère, mais cette fois, d'un homme pris entre deux femmes. Rien de bien révolutionnaire, si ce n'est que les deux femmes en question sont sœurs… Marie exploite les confidences de Louÿs pour décrire une Louise dont la ressemblance avec Marie est frappante, mais qui dans un lit perd toute attraction. La chair est triste dans les bras de Loulouse. Le personnage de Pierre compense l'ennui sensuel de sa femme par une série de photographies où il fait poser les deux sœurs dans les mêmes postures, cherchant ce qui les différencie et annonce la volupté de l'une, l'inertie de l'autre. Marie décrit le rideau qui sert de fond aux photographies et que tous peuvent reconnaître comme étant celui de l'appartement de Pierre, s'amuse à être l'instigatrice du mariage de sa jeune sœur avec son amant pour profiter doublement de son premier amour. Elle se venge, en somme. Toche lit le roman, le trouve remarquable ; Henri découvre quelques extraits et, pour la première et unique fois, fait intervenir José Maria de Heredia. La famille tout entière se mobilise pour éviter la sortie du *Brelan*, même si tous ceux qui l'ont lu sont conquis par sa qualité littéraire et romanesque. Marie capitule : « Chère Toche aimée, les Louÿs et les Maindron ont eu vent du *Brelan*, ont lu et sont scandalisés. Papa et maman m'ont même écrit à ce sujet des lettres furieuses. Est-ce croyable ? Saint-Cendre et Pausole… et ce coureur d'Heredia… scandalisés. Mes parents sont trop bêtes. Les lettres des auteurs de mes jours m'ont rendu tous mes vieux malaises nerveux, ôté l'appétit, et tracassée dans les grands prix. Moi qui ai horreur des scènes ! Et voilà hâté tout mon brave petit plaisir de gagner de l'argent pour Tigre. Ce n'est pas bien de leur part. Néanmoins, je ne veux pas me brouiller avec eux et je sais que je ferai lâchement toutes les avances. Avoir un bon caractère, c'est très gênant dans la vie, on est bien plus tranquille une fois pour toutes avec une grincherie de mule et bêtise odieuse, celle des gens intelligents. » Il y a tout le pourquoi et le comment de Marie plus grandiose dans sa vie que dans ses livres, son réalisme qui pointe les infidélités de son beau-frère Maindron (Saint-Cendre), de Louÿs (Pausole) et de son père… Il y a Tigre comme but de tout ce qu'elle entreprend, il y a sa volonté de préserver son bien-être au point d'y sacrifier ce qu'elle sait être son chef-d'œuvre. Marie capitule pour poursuivre sur la voie du plaisir, des amants, de son fils, des dîners mondains, des manigances de couloir. Elle préfère le pouvoir de la vie à l'éternité littéraire.

(Forough frissonne, la Tortue regrette déjà, mais il est trop tard. Il ne peut pas reculer en la consolant, il y perdrait la poussière de pouvoir qu'il possède encore à ses yeux – et quand, après le récit, ils feront l'amour cette nuit-là, jamais elle ne sera plus passionnée, plus épanouie dans ses bras, jamais elle ne s'est ainsi blottie contre lui, jamais elle ne lui avait murmuré qu'elle reviendrait, que jamais elle ne cesserait de revenir vers lui, vers son lit, vers sa voix, vers sa liberté.)

Marie est la pulsion de vie. Pierre Louÿs le savait, lui qui l'avait aimée pour cela même. Mais soudain, face au manuscrit qui aurait pu faire de Marie une grande romancière, il s'offusque, s'indigne, lui, le plus prolifique auteur libertin français, il appelle à la censure. La pulsion de vie aura été plus forte que la diablesse poésie. Au contraire de Forough.

Après l'échec du *Brelan*, Marie déprime. Malgré la découverte de Venise qui fut un choc esthétique et poétique pour Henri, et qu'elle apprécie pourtant moins que leurs hôtes, Mme Bulteau et la comtesse de La Baume-Pluvinel, qui les accueillent dans le Palais Dario, palais de rêve dont on parle jusqu'à Paris, le tout avec une générosité qui ne connaît aucunes limites, Marie préfère Vérone. Elle s'émerveille davantage du Venise populaire que connaissent si parfaitement Toche et son grand amour de comtesse, se balade avec plaisir dans la Venise déjà muséifiée, mais elle se languit d'aventure, de bruits, d'émotions, de Paris. À leur retour, José Maria de Heredia est un peu plus ruiné, cette fois il a misé sur des mines d'or qui n'existaient pas… Marie s'étourdit en cette fin d'année 1899 dans les réunions, dîners, salons, théâtres, opéras, partout où sa présence est recherchée et où Henri a besoin d'être mis en valeur. Bientôt elle publiera son premier roman sous son pseudonyme de Gérard d'Houville et ils se soutiendront professionnellement avec un respect et une constance rares. Justement, le Cercle français de l'université d'Harvard réclame Henri de Régnier pour une tournée américaine consacrée à la poésie française. La présence de Marie est indispensable, pour son mari comme pour représenter la France. Le 17 février 1900, ils embarquent pour ne revenir que le 10 mai.

Les Régnier n'aiment pas l'Amérique. Tout les heurte, tout les brutalise, tout les rend mélancoliques de Paris. Marie prend conscience de sa liberté dans un pays où « les hommes sont des machines et les femmes des poupées, triomphe de la mécanique ! Pays d'automates. Pas un pays pour moi, du tout, du tout, pas un pays pour les sales gosses comme moi ». Elle plaît, Marie, à Paris comme en Amérique, mais les Américains ne la tentent pas, elle accepte les hommages, les flirts à la limite, mais se languit de la sensualité, de la spontanéité de Paris. Rien de bien excitant chez ces hommes qui pensent compenser leur absence d'esprit par beaucoup d'argent et autant de mauvais goût.

Paris la retrouve écrivain. Elle publie, en 1903, quelques mois après le premier roman d'Henri, *La Double Maîtresse*, son premier roman à elle, *L'Inconstante*, succès incontestable, critique et commercial pour l'un comme pour l'autre. Venise, Vérone, Florence, la croisière en Méditerranée avec Georgie, rien n'y fait, Marie qui quitte doucement

Louÿs est vide de tout sentiment et dépérit, ainsi elle écrit à Toche : « Je suis une vieille pie rabougrie, flapie, racornie, démolie et tout ce que vous voudrez. Et sans Tigre, je tomberais dans la folie, mélancolie, neurasthénie, incurie où Henri est déjà touché à moitié. » Marie est un vampire, inconsciente de son pouvoir. Elle craint de tomber dans la neurasthénie d'Henri sans remarquer que c'est son désarroi amoureux qui contamine son époux. Ainsi sont certaines femmes dotées d'un immense pouvoir d'attractivité, né d'un subtil mélange de charme, d'esprit, d'animalité qui les rend dangereuses pour leur entourage. En 1905, le décès de son père adoré, du premier homme de sa vie, de celui pour qui elle a choisi Henri, de celui qu'elle aimait tant que son amour pour lui aura décidé de son destin, la brise en mille morceaux inutiles. Elle se vit orpheline, sa mère ne compte pas, son père était tout.

L'ennui devient morosité. Qui pourrait donc comprendre la perte qu'elle ressent ? À qui se confier ? Dans quels bras combattre la mort par la chair ? Elle écrit chaque jour à sa Toche chérie : « Il était une fois une dame qui avait l'air de vivre comme tous les vivants (nous l'appellerons, voulez-vous bien, la Belle au bois dormant, pour changer), en réalité, elle dormait ; elle dormait d'un sommeil profond dont personne autour d'elle ne paraissait s'apercevoir ; elle dormait les yeux ouverts mais elle avait des songes tristes. Et ainsi passaient les jours et les mois et les années. Elle riait la pauvre Belle tout en dormant et passait pour être une belle entre toutes, joyeuse, blagueuse et capricieuse et un peu sans cœur. Elle était presque aussi insensible, cette dormeuse, que les mortes, ses sœurs inertes. »

Et soudain, arrive Jean-Louis Vaudoyer et elle revit. Mais comme dans toutes les histoires d'amour, elle refuse de voir l'évidence, elle se dissimule ce qui tuera leur histoire et qui est en germe dès les premiers jours. Vaudoyer est le moule du parfait torturé, l'homme amoureux de la Beauté, au point d'y sacrifier le plaisir, un ayatollah de la pureté esthétique, qui préfère le passé au présent – il finira d'ailleurs conservateur de musée. Marie se laisse séduire par Vaudoyer le dandy, jeune écrivain prometteur, le préféré d'Henri, elle se laisse séduire car elle est l'impossibilité de ne pas être amoureuse, tout dans Paris, son architecture comme ses élégants, son art, sa littérature, ses traits d'esprit, tout l'y entraîne. Il est de huit ans son cadet, elle l'appelle son « gosse ». Comme si après l'amour absolu pour Louÿs, après la naissance du fils qui est la suite du père, après la chair saphique, il lui fallait un « sale gosse », un homme qui soit et Henri et Louÿs et Tigre et José Maria. Vaudoyer sera tout cela en même temps, la honte en plus. Après la possession, vient la culpabilité de trahir Henri qui brise Vaudoyer. Il en devient mauvais, la harcèle de sa faute, l'insulte pour sa liberté, la somme, elle, de prendre une décision qu'il est incapable de prendre. Marie s'exaspère, attend de la passion là où il n'y a que déception : plus ils font l'amour, plus Vaudoyer semble dégoûté. Marie pressent un trait de caractère chez Vaudoyer qu'elle avait déjà subi avec Louÿs. Elle perd de son charme dès qu'elle se dénude, dès qu'elle jouit, Vaudoyer n'aime que la Marie inaccessible, il n'aime que l'attente, s'exaspère de posséder une telle beauté. Il veut la désirer, la rêver, mais la posséder le dépasse. Il lui propose un pacte : s'aimer sans chair, s'aimer sans se toucher, s'aimer absolument, sans gâcher l'émotion de l'attente, le désir de l'absolu. Étrangement Marie accepte. Il y a chez elle, comme chez Forough, le goût de l'expérience, l'instinct de l'écrivain, la source d'inspiration. Ils ne se rencontreront plus que dans les salons et les dîners, dans les parcs et les bars d'hôtel.

Marie achève, entre ressentiment et retrouvailles, *Le Temps d'aimer*, où le principal personnage masculin ressemble à Vaudoyer et où Marie, toujours aussi percutante, constate : « Les femmes aiment après comme les hommes aiment avant. »

Quand Louÿs l'a quittée pour l'Algérie, elle a trouvé le chemin vers le lit de Tinan. Cette fois, elle choisit d'abord le brillant causeur, pourvoyeur de potins mondains, le très cultivé et épileptique Auguste Gilbert de Voisins. Après son gosse Vaudoyer, elle choisit un gosse malade qui vient de perdre sa mère tant aimée et dont les crises reprennent. Elle va le visiter, lui qui lui fait une cour dans les formes depuis toujours. Il la désire, le lui dit. Elle n'attend que ça, un homme qui la veut tant qu'il la prend sans précaution d'absolu. Mais, la panne. Il l'a tellement désirée… « On frissonne, on s'enflamme, on part ! On pense que la jouissance sera belle parce que le désir a été grand… et le désir se meurt comme la mer sur le sable, l'eau vainement soulevée par le vent qui s'enfuit toujours plus loin… » Pierre Louÿs est toujours là et nul ne connaît mieux que lui les pièges du désir… Marie s'en va, presque hilare, mais sans blesser le bel Auguste, car sa compagnie lui plaît, ses médisances l'amusent, son amour la flatte. Ce dont elle ne doute pas est que cet ami intime de Louÿs va bientôt épouser sa sœur Louise, après le divorce avec Pierre ; ce que Louise ne sait pas et ne saura jamais, c'est que son second mari est aussi amoureux de sa sœur que le fut le premier et qu'elle ne sera jamais qu'un choix par défaut ; et Marie souffrira en silence. Marie ne sait pas non plus qu'elle est déjà l'héritière d'Auguste et que sa villa d'Arcachon sera son refuge quand elle aura enterré tous les hommes de sa vie ; elle n'imagine pas qu'il ne cessera de penser à elle sans jamais pouvoir effacer cette après-midi où son corps a failli face à la puissance de son désir.

Dès l'Académie des Canaques, et tout au long de sa vie, Marie est une femme d'influence, tirant les ficelles des prix littéraires, de l'Académie, très souvent à partir de son lit. Et comme son mari et ses amants ne prennent ombrage de sa légèreté, le milieu littéraire se fie à sa finesse politique comme à sa connaissance littéraire doublée de son instinct artistique. Que ce monde qu'elle dominait ait pour ainsi dire disparu, balayé par deux guerres, réduit à une expression qui n'inspire plus grand-chose et fait davantage sourire qu'autre chose – comme si une époque pouvait être belle ! – rend encore plus précieux l'univers et les choix de Marie de Régnier. Ouvrir le livre de la Belle Époque éclaire notre présent avec acuité : les prix littéraires y naissent, le féminisme s'y déchire déjà en chapelles ennemies, les grandes entreprises d'aujourd'hui y éclosent, les fantasmées trente familles tiennent la France, la décadence sur le refrain « c'était mieux avant » balbutie, l'antisémitisme se débat dans les salons et à l'Assemblée, le passage du travail à domicile au travail ouvrier change la donne, les manifestations hostiles à l'immigration s'élancent à Marseille comme à Paris, la perte de repères politiques se réfléchit, « qu'est-ce que la France ? » inonde les éditos, et bientôt, durant l'autre entre-deux-guerres, celui des années folles, la génération perdue qui était déjà perdue avant que Gertrude Stein en fasse un trait d'esprit désespère les patriotes tandis que les attentats anarchistes, les apaches et la délinquance s'installent en première page, la presse écrite qui faisait déjà de l'écrit-réalité avant la téléréalité est à la mode, Colette couvre la fin de la bande à Bonnot et assiste médusée à la violence de la foule réclamant du sang encore du sang, ravivant les scènes d'Épinal de la guillotine-pique-nique qui ravissait les sans-culottes… Marie aura été au cœur de la France d'aujourd'hui en train de se fabriquer. Nous citons à en étouffer la Révolution française, Mai 68 et parfois le Front populaire de 36, mais la Belle Époque n'effleure pas naturellement la mémoire. Comme si elle se planquait volontairement pour se préserver des pattes grossières de la modernité susceptible de lui faire perdre son éclat toujours rayonnant pour les curieux.

Marie et les siens vivaient dans ce qui était encore l'Olympe des Lettres, les droits d'auteur ne suivant pas la cherté nouvelle de la vie, ils avaient bien fini par prêter leurs plumes aux journaux, ils s'étaient fait une raison, celle de la presse qui se vendait, se lisait, établissait une réputation. Mais les bombes qui sautaient, les voyous qui s'entretuaient, les anarchistes qui remettaient leur inaccessible Olympe en cause, les Lafargue qui se suicidaient, la Seine qui débordait, le réel en somme ne concernait que Zola. Marie, son mari, ses amants, sa famille ne s'occupaient que de Beauté, de sentiments, d'Art, de fauteuil à l'Académie, de leurs vies qu'ils pensaient – et qui étaient – exceptionnelles. Ainsi, ils se sont mis hors monde, hors postérité, hors Histoire. Mais pour Marie, tout passant par l'Amour, elle va entraîner les siens dans l'une des grandes batailles de l'époque, en tombant en passion. Pour un juif. L'antisémitisme de salon qui était le leur, une posture dédaigneuse et de bon ton, une posture qui tenait lieu d'opinion politique et qui ne les empêchait nullement d'avoir des amis juifs, cet antisémitisme d'habitude allait exploser devant la virilité d'Henry Bernstein qui ravive Marie.

Marie et Henry se connaissaient depuis longtemps, ils se croisaient dans le salon de Mme Mühlfeld et dans celui de Mme Straus. Par son succès, son cynisme et sa brutalité, Bernstein fait du bruit, grandiose et génial. Il est aussi rude que passionné. Elle est aussi franche qu'imprévisible. Il faut attendre un banal mois de juillet 1910 pour que soudain dans le salon de Mme Mühlfeld quelque chose d'impérieux explose entre eux. Ils ne tentent même pas de s'expliquer ce qui cette fois est différent, ils doivent se revoir et vite. Marie qui a toujours dominé les hommes se laisse couler dans le désir et l'emploi du temps de Bernstein avant même de le retrouver dans un hôtel près de La Baule où elle est en villégiature et en famille. Elle n'imagine même pas résister. Pour la première fois, Marie est la gosse d'un homme, sa chose – dans un lit. En une après-midi, elle est conquise. Il n'est plus question de tendresse, de caresses voluptueuses, mais de brutale domination. Marie n'a jamais ressenti de désir de soumission, elle n'a jamais imaginé sombrer dans son propre corps, n'être plus qu'un soupir qui espère la main qui la rudoie. La jouissance qu'elle rencontre est totale. Le lendemain, Marie ne tient pas debout et s'alite. Bernstein est inquiet et fier. Marie est brisée mais en attente. Une porte s'ouvre sur une sensualité jusqu'alors inconnue, où chaque rencontre la laisse marquée des stigmates douloureux de l'amour, elle s'engage dans une relation totale d'où toute appréhension est évacuée.

Après avoir été adorée par des amants qui craignaient son corps comme un désaveu de l'idéal inatteignable, Marie découvre un homme qui n'attend que son cri, que son corps nu, que son désir de s'oublier, elle et sa perfection, dans des bras qui n'espèrent et n'aiment que le réel. Marie quitte le lit de Bernstein comme une cure de jouvence. Elle se sent puissante. À l'horizontale elle est soumise, à la verticale leur complicité intellectuelle et artistique est totale. Pour la première fois, elle imagine quitter Henri pour vivre avec Henry. En attendant, elle s'affiche ouvertement au bras de Bernstein. Le scandale est réel : jusqu'alors on acceptait les amants de Marie, sa liberté de ton et de corps car elle ne sortait pas du sérail, elle couchait à domicile, détournant les règles mais respectant le contrat social et mondain. Cette fois, Marie couche avec un juif, s'affiche avec un juif, lui prend la main dans la rue, l'embrasse dans les fiacres. Elle qui n'avait rien à faire de l'affaire Dreyfus, comme le fait remarquer Henri à Toche : « La seule personne avec qui on ne parle jamais de l'affaire qui s'éprend d'un juif ! » Pour la première fois, Henri intercepte sa correspondance, lui interdit de sortir, lui fait des scènes de mari. Marie passe par Toche – qui pour la première fois la trahit et transmet à Henri des heures et des lieux de rendez-vous – ou par Mme Mühlfeld, elle lui tient tête, lui rappelle leur contrat. Elle s'embrase, Henri capitule. En souffrant, il capitule, une nouvelle fois. Mais non sans arrière-pensées : il vise un fauteuil d'académicien, un divorce est impossible. S'il accepte, malgré l'opprobre public, de se conduire en tant que gentleman, de laisser à Marie une liberté, cette fois, publique, il en sortira grandi.

Bernstein, lui, réclame l'exclusivité, lui demande de quitter son mari et de s'installer avec lui. Néanmoins il a l'intelligence de lui laisser le choix, car il est le premier à l'aimer pour ce qu'elle est, une femme libre : « Je ne conçois pas une joie plus merveilleuse que celle de t'avoir à moi seul, et tout serait gâté pour autant si tu devais souffrir secrètement d'avoir abandonné ton existence actuelle. Je veux ma bien-aimée, mon cher cœur, que tu choisisses en toute liberté. » Marie ne choisit pas, elle garde les deux. Même au plus haut de la passion, elle conserve pour Henri une amitié façonnée au fil des ans et son instinct lui murmure que c'est auprès de lui qu'elle trouvera toujours la paix et une complicité intellectuelle unique. Henri rejoint l'Académie tant espérée en 1911, tandis que la nouvelle pièce d'Henry, *Après moi*, est accepté au Théâtre-Français. Surtout, pour la première et unique fois de sa vie, Marie va s'engager dans la bataille publique. Deux jours avant la répétition générale de la pièce, une cabale antisémite se met en place, lancée par Gustave Téry dans *L'Œuvre* sous le titre : « Les juifs célèbrent au Théâtre-Français l'apothéose du juif déserteur Bernstein. » Bernstein s'est effectivement enfui à Bruxelles en novembre 1896, avec une maîtresse, à l'appel de son service militaire. Il aurait pu être discret, faire oublier l'affaire en ces temps guerriers, mais Bernstein est un homme orgueilleux qui se vante de sa désertion. Léon Daudet, antisémite en chef, reproduit le texte de Téry dans *L'Action française* et en rajoute : « Tout est juif là-dedans, hideusement juif. Bas les pattes, Hébreux, bas les pattes ! » Bernstein ne bronche pas, il a l'habitude, il se concentre sur sa pièce, ne communique que sur l'intrigue, se réjouit d'être joué au Théâtre-Français et attend que ça passe – ça passe toujours, les éruptions d'antisémitisme aiguës. Mais pas cette fois : le succès de la répétition générale est proportionnel au déchaînement de violence des manifestants. Marie est présente, sublime, tête haute, au bras de son mari. Les jours qui suivent, la pièce doit être interrompue plusieurs fois, les Camelots du Roi et l'Action française s'incrustent dans la salle, la police charge les manifestants à l'extérieur, Daudet est arrêté, l'armée est appelée, Marie ne dort plus chez son mari. Elle si étrangère à la politique, s'engage jusqu'à assumer être la maîtresse de Bernstein. Elle demande à Toche, proche du président du Conseil, Aristide Briand, de recopier une lettre rédigée par Bernstein. Toche, outrée qu'on la commande, refuse. Marie se tourne alors vers Henri qui n'en revient pas : « Elle recommence sa scie de lettre à Briand. Elle m'agace. Je le lui laisse apercevoir mais elle insiste, elle a déjà gagné l'indiscrétion juive. Ah ! Quand donc les femmes renonceront-elles à ressembler à leurs amants ! » mais s'exécute entre deux remarques antisémites, et convainc Toche de parler à Briand pour que s'arrête ce cirque. Marie n'a pas le temps d'attendre une réponse positive de Briand, elle lance une pétition « contre les atteintes à la liberté de représentation » et fait signer son mari, ses amis et ses… amants, Émile Henriot, Claude Farrère, Edmond Jaloux, Binet-Valmer. Malgré l'énergie que Marie met à défendre son homme, Bernstein abandonne et retire sa pièce. « Je comprends qu'une pièce fasse couler des larmes, je ne veux pas qu'elle fasse couler le sang. »

Marie ne peut plus revenir en arrière, et, pour la première fois, elle prend des vacances sans son mari, avec Bernstein. Elle corrige le discours d'académicien d'Henri et collabore à la nouvelle pièce de Bernstein – qui sera un succès –, passe la majorité de ses nuits avec l'amant, sans manquer d'être présente pour son mari. Mais Bernstein est un ogre, il se paye en femmes pour couronner son succès et sans se cacher. Marie est mortifiée : après Zohra et Polaire, la voilà en concurrence avec la très jeune Fréhel. Elle fait une scène à Bernstein qui répond par des coups. Personne n'a jamais levé la main sur elle, la surprise est telle qu'elle préfère nier et se cache dans le Sud le temps de cicatriser. Bernstein est une brute qui instaure avec ses maîtresses un schéma : la dégradation et l'humiliation suivent toujours la passion. Marie est comme anesthésiée : le plaisir physique est tel qu'elle ne parvient pas à quitter cet homme qui se révèle plus sanguin qu'amoureux, qui la bousille et y prend un plaisir vicieux. Il aime réduire la femme aimée à l'état de loque. Certains hommes jouissent de la douloureuse captivité de l'être aimé. Après cinq ans de « bruit, de fureur, de folie », de coups, d'humiliations, de retours affectueux qui se soldent par un déchaînement de violence, Marie quitte Bernstein, ce salaud, et écrit à Vaudoyer : « Et ai-je assez lutté pour rester moi-même, pour ne pas changer moralement. Vraiment, c'est ma seule fierté : celle de mes faibles forces luttant contre tant de tenace violence qui voulait faire de moi un être bas, abject, avili, souillé. Oh que j'ai lutté Jean-Louis ! Certains jours, j'aurais voulu mourir. Et je n'avais pas la force de m'en aller. J'avais peur et aussi j'avais pitié », puis se remet, enchaîne les amants, tous plus jeunes qu'elle, s'étourdit dans l'amour physique, redevenue la dominante qu'elle était avant lui.

Des années plus tard, vingt ans, peut-être trente, lors d'un thé entre femmes du monde d'un autre temps, une plus culottée osera demander : « Marie, vous avez connu de nombreux hommes. Quel est celui qui, pour vous, a vraiment été l'Amant ? » Elle n'hésite pas une seconde : « Bernstein. »

(Forough frissonne de nouveau. Elle n'a jamais connu son Bernstein. La Tortue s'interroge : aurait-il aimé être son Bernstein ou son Louÿs ? Ils s'endorment au petit matin. Forough part pour Rome en début de soirée.)

Téhéran – Paris, 1958-1967

Lorsque Forough revient de Rome, la Tortue remarque qu'elle n'a plus peur. Elle débarque dans l'appartement sans se déguiser, sans dissimuler ses cheveux sous un foulard fleuri – qu'il avait subtilisé avant son départ pour garder son odeur le plus longtemps possible –, sans ses lunettes de soleil, sans être essoufflée. Elle arrive chez lui, légère, souriante, des projets en pagaille. Elle va monter sur scène, jouer, accepter la lumière, son troisième recueil de poésies va faire scandale, elle l'assume avec gourmandise. Elle lui confie avoir été, dans un premier temps, terrassée par l'Occident. À Rome, elle a été choquée jusqu'au malaise par la facilité des liens hommes-femmes. Sa première promenade solitaire à Rome s'est soldée par une crise de panique telle que sa logeuse a prévenu un médecin qui l'a alitée. Elle est restée une semaine sans quitter son lit. La Forough qui était partie conquérante, espérant devenir Marie, fascinée par sa légèreté, sa volonté d'amoureuse, son absence de scrupules, son égoïsme, se ratatina face au premier couple flirtant librement dans les rues. Forough ne supporta pas l'extrême normalité de l'amour, les jeunes Italiens vivant l'amour comme « une forteresse conquise » ou « un livre feuilleté », c'était dégoûtant tant c'était naturel, comme n'importe quelle activité. Sans drame l'Amour perdait de son intérêt et de sa superbe, se répétait-elle, cherchant ainsi à se rassurer, à donner un sens à son refus de se laisser aller, d'accepter que ce n'était pas grave d'aimer, encore moins d'embrasser pour rire ou pour exalter son désir. Elle remit en cause Marie et sa liberté, Louÿs et sa transgression, le rire dans le sexe, l'amour comme libération. Durant une semaine, elle se tortura, hésita à reprendre tout de suite un billet pour Téhéran, se maudit d'avoir cru être différente, insulta copieusement la Tortue d'avoir introduit le mal dans son être, de lui avoir fait croire au pas de côté, au sexe sans attache, au rire sans punition. Elle avait macéré dans son dégoût d'elle-même, rejeté Marie tout en espérant un miracle. Se nourrissant à peine, elle avait déliré, appelé son père à la rescousse, demandé pardon à Parviz et Kâmi et une nuit elle avait rêvé du Diable, qui – elle le lui avoua tout de suite – avait pris le visage de Cyrus. Le Diable avait ricané de ses enfantillages, l'avait mise au défi de citer une chose agréable qui ne soit pas du côté de l'Enfer. Forough avait passé la nuit avec le Diable avant de se lever, d'enfiler une robe rouge, qu'elle avait achetée en douce à Téhéran, hésité à emporter, cachée au fond de sa valise, manqué de déchirer durant sa semaine de délire. Elle s'observa longuement dans le miroir de sa chambre, amaigrie, le regard hagard, mais étrangement détendue. Puis, elle avait demandé du café à la logeuse qui racontait héberger une étrangère folle dans ses combles, et s'était installée derrière son bureau pour écrire. Forough se rendit compte que son histoire avec Nasser n'aurait jamais dû être qu'une banale histoire de sexe devenue une histoire d'amour pour lui faire accepter le plaisir pris avec lui. Que Nasser n'était qu'un minable opportuniste profitant de l'occasion pour se faire un nom et de l'argent. C'était tout. Le scandale, l'internement, la fuite, tout cela était une comédie ridicule qu'elle s'était jouée. Elle n'avait pas fait autrement que

Mère,
toute sa vie
est un tapis de prière
étendu au seuil de la terreur de l'enfer.
Elle cherche toujours partout les traces d'un péché
et pense que l'hérésie d'une herbe
a contaminé le jardin.
Mère prie toute la journée.
Elle est une pécheresse naturelle
et souffle sur toutes les fleurs,
sur tous les poissons et sur elle-même.

Elle tua la mère. Elle tua l'Iran des interdits, elle enterra Dieu. Forough se réveilla d'un long cauchemar et entra dans sa nouvelle vie en se lançant dans ce qui deviendrait le poème d'ouverture de *La Rébellion*, son troisième recueil, « La servitude ». Sans rature aucune, elle écrivit ce qui fit même tressaillir la Tortue. Même les poètes Hâfez ou Khayyâm n'avaient osé aller aussi loin. Forough y racontait sa nuit avec le Diable et signait son entrée dans la vraie vie. Elle y tutoyait Dieu, lui reprochant d'avoir créé le Diable pour en faire une flamme et le placer sur le chemin des hommes qui y virent ce qu'il y avait à voir : le sanctuaire de la vie et de la Beauté.

Tu lui accorderas cruellement tout ce qui est beau.
Il devint poésie. Il devint cri. Il devint amour et jeunesse.
Il devint le parfum des fleurs éparpillées dans les plaines.
Il prit la couleur du monde et devint la déception de la vie.
Il devint la vague sur la jupe ondulante des danseuses.
Il devint le feu du vin, il bouillit dans les jarres.
Il provoqua un tel tumulte dans le corps des ivrognes
que de chaque maison s'éleva le cri :
« Bon vin ! Bon vin ! »
Il devint mélodie et retentit dans les mains
d'un joueur de harpe. Il devint frisson
et fit vibrer les seins argentés des femmes.
Il devint sourire et révéla les dents des belles dames.

Ainsi Forough rompt avec Dieu et accepte le Diable, soulage sa conscience et se dessine un avenir. Jamais plus elle ne regrettera les hommes sans lendemains, les jouissances sans promesses, les rires sans maris. Seule la blessure du père, l'absence de l'amour et de la reconnaissance paternelle demeureront après Rome. Mais c'en est fini des lamentations, des je tombe amoureuse pour payer une nuit de sexe, des regards perdus vers les fenêtres. Forough dépassa Marie en transgression et en révolution. Elle marqua au fer rouge du blasphème la culture iranienne et la Tortue pensa son pays natal sauvé. Jamais il n'avait vu Forough aussi belle, jamais elle ne s'était tant abandonnée dans l'amour, jamais elle n'avait tant voulu assouvir le feu qui brûlait depuis toujours entre ses cuisses.

La Tortue est le premier lecteur de *La Rébellion* dont il sort plus amoureux encore. L'avenir de l'Iran est dans les poèmes de Forough. Aucun coup d'État ne peut davantage changer ce pays. Forough le peut. Elle n'est pas consciente de ce qu'elle vient d'accomplir, mais la Tortue sait qu'on ne lui pardonnera jamais, il jure de la protéger et de maintenir ce cocon poétique dans lequel elle pourra toujours se réfugier.

(Non seulement on ne lui pardonna jamais, mais le sort réservé à *La Rébellion* fut pire encore : il fut effacé et nié. Après sa mort, les amis et les ennemis se mettront d'accord pour ne jamais considérer « La servitude » comme son plus beau poème. Amis comme ennemis se mettront d'accord sur ce qui est licite, ce qui est illicite. Après sa mort, sans qu'aucun concile ne se tienne, sans qu'aucune conférence ne l'annonce, sans qu'aucun conseil d'experts ne présente ses conclusions, il sera décidé que les meilleurs poèmes de Forough sont les derniers, les poèmes dits « sociaux ». Les amis communistes qui trouvaient les premiers poèmes légers, trop légers, emplis de trop d'amour, d'émotions, de peaux, de culs, d'indécence, amis comme ennemis, progressistes et conservateurs, croyants et athées, tous décideront que « La servitude » est un poème de midinette sans le dire, tellement amoral que c'en est de l'enfantillage. « La servitude » brûle les doigts. Alors ils l'ont dissimulé. L'Iran s'est mis d'accord pour dissimuler le poème le plus personnel, le plus audacieux, le seul remède contre les ténèbres de l'Orient. Cyrus ne pardonna jamais aux amis de Forough d'effacer *La Rébellion*. Il ne leur pardonna rien d'ailleurs, les communistes sont impardonnables devant la poésie.)

Quand elle lui annonce se lancer dans le cinéma et le théâtre, jouer sur scène et réaliser des films, il n'a qu'une crainte : la perdre. D'autant plus qu'il manque de munitions, qu'il n'a plus assez de vie de Marie et de Pierre pour la retenir. Il traduit ce qu'il reste des œuvres de Louÿs, il tente, par ses contacts parisiens, de se faire envoyer les romans de Marie et d'Henri. C'est ainsi qu'il apprend que Marie est en vie. Il demande à vérifier l'information, et alors que la chose est certaine, il l'annonce à Forough qui se sent enfin prête pour le voyage à Paris. Mais elle doit finir le montage d'un film, l'écriture d'un autre, s'occuper de ses prochains poèmes mais aussi de son nouvel amoureux, un producteur et réalisateur marié et père de deux enfants, Ebrahim Golestan. Elle décroche un rôle dans la pièce de Luigi Pirandello, *Six personnages en quête d'auteur*, répète tous les soirs, s'investit jusqu'à devenir coproductrice de la pièce. Chaque fois le voyage est reculé. Mais comme Forough continue de visiter l'appartement du deuxième étage de la villa, la Tortue change les billets d'avion et les réservations d'hôtel sans rechigner, espérant le jour où elle sera enfin prête à affronter Paris. Il n'est plus pressé, amants ou films, succès ou dépits, Forough revient toujours. La Tortue apprend à vivre au rythme chaotique de Forough. Il ne le regrettera jamais.

Elle fut prête un jour où profitant d'une formation de montage à Paris, elle annonce leur départ la semaine suivante. Jusqu'au vol, il n'y croit pas, il vérifie constamment que Forough est bien là, près de lui, sans honte, heureuse d'enfin découvrir Paris. Il s'étonne qu'ils prennent le même taxi, qu'ils ne se cachent pas, que la furie de Golestan, outré d'apprendre qu'elle voyage avec « un ami » qu'il ne connaît pas, qui n'a même pas sa carte au Parti, qui n'est qu'un vulgaire professeur de poésie (de poésie occidentale ! Alors que l'Iran souffre, que les gens ont faim, que l'impérialisme américain s'abat sur le pays, que le capital est toujours plus intraitable ! La poésie occidentale !), ne l'ait pas fait reculer. Elle est là, pleine d'aplomb, et semble se foutre de Golestan et des conséquences. Ils décollent en mars 1962.

Cyrus lui fait visiter le Paris de la Belle Époque comme s'ils étaient Marie et Pierre, ils lèvent des yeux émerveillés vers les appartements où ils s'étaient aimés, se promènent inlassablement dans les jardins où ils s'étaient retrouvés. Le dîner chez Maxim's, la promenade aux jardins des Tuileries, le pique-nique près de l'étang de Villebon, rien n'a changé, Paris préserve son écrin et le voyage dans le temps est à la hauteur des années passées à imaginer, projeter, dessiner Marie et Pierre. Forough est particulièrement émue par le hameau de Boulainvilliers où Louÿs a fini sa vie en solitaire érudit, et reste longtemps sur sa tombe au cimetière Montparnasse pour lui lire ses propres poèmes et le remercier de l'avoir sauvée. Elle tient à saluer Henri aussi, au Père-Lachaise, dont la tombe d'une sobriété à la hauteur de sa discrétion la bouleverse. Elle dépose des fleurs sur la tombe de Tigre, et récite un poème écrit pour Kâmi, honorant l'unique descendant de José Maria de Heredia, le fils unique de Marie. Ils écument les bouquinistes et chassent les éditions clandestines de Louÿs. Forough imite Golestan s'il découvrait Louÿs, roulant des yeux, se bouchant les oreilles, et hurlant que ce n'est pas le Diable qu'elle a rencontré mais qu'il s'est installé en elle, confortablement à demeure. Ils ne peuvent convaincre un collectionneur anxieux de leur vendre une photographie de Marie nue prise par Louÿs, néanmoins la Tortue fait l'acquisition du sein moulé de Marie par Pierre – dont on se demande encore où il a disparu et qui a fini sa vie fracassé dans la baignoire d'un historien persan de la poésie occidentale à Téhéran alors que les religieux juraient de purifier l'Iran et qu'il avait pris peur. Ils vivent grandeur nature les neuf ans passés à jouer à être parisiens à Téhéran, tout leur semble familier, cohérent, à hauteur des contes de la Tortue. Cyrus remarque qu'ils ressemblent à des enfants qui après avoir passé leurs enfances à jouer aux Lego deviennent adultes responsables d'un chantier grandeur nature où ils retrouvent une nouvelle jeunesse. Cyrus bénit les pays à patrimoine, à histoire, ces pays qui sont capables de mémoire et offrent au monde les couches successives du Temps préservé.

La Tortue ose imaginer un avenir parisien pour eux, il sent Forough prête à passer le pas de l'exil, à abandonner Téhéran, ses amants qui la méprisent de n'être qu'une maîtresse, ses frères et sœurs qui vivent leurs vies. Jamais la Tortue ne s'est tant autorisé à espérer un avenir.

Quand ils dînent et rentrent main dans la main à l'hôtel, ils sont le couple qu'ils ne peuvent s'autoriser à être en Iran. Nul ne les interroge sur leurs liens, nul ne lève vers eux de regards accusateurs. L'exil et le bonheur se confondent, Paris leur tend les bras, il se prend à imaginer une vie à Paris, il pourrait y poursuivre son travail de chercheur, elle serait traduite, adulée, elle écrirait en français même tant elle est douée, elle serait reconnue pour l'immense poète qu'elle est. Il en est à relire mentalement le discours de Forough pour le prix Nobel si elle accepte Paris, tant ce séjour s'amalgame avec l'idée la plus juste qu'il se fait de l'avenir prospère. Peut-être est-il trop plongé dans ses fantasmes de lendemains pour remarquer l'apparition de la mélancolie, peut-être que Forough ne peut être heureuse qu'en luttant, certains sont ainsi qui ne se sentent vivants qu'en situation de résistance. Tout est trop facile ici, rien ne semble interdit, rien ne s'oppose à l'inspiration. La douceur de vivre tue la poésie de Forough : la Tortue se rend compte qu'elle n'a pas écrit durant le séjour, depuis trois mois qu'ils vivent au rythme de l'indépendance, elle n'a rien écrit. Il fait le choix de ne pas formuler à haute voix ses interrogations, fait le pari enfantin de la poussière sous le tapis et entraîne Forough sur les traces des impressionnistes, dans la nature, vers les fleurs, et elle oublie quelques jours la nostalgie de sa guerre quotidienne. L'image qu'il garderait d'elle à Giverny et alors qu'ils suivent le cours de la Seine, est une Forough qui a retrouvé sa sensualité apaisée, pieds nus, ses chaussures pendant au bout de ses bras, déclamant, avec un accent qui lui fait palpiter le cœur, des vers de Louÿs :

Elle tourne, elle est nue, elle est grave ; ses flancs
Ondulent d'ombre bleue et de sueur farouche.
Dans les cheveux mouillés s'ouvre rouge la bouche
Et le regard se meurt entre les cils tremblants.
Et sous l'arachnéen tissu noir de sa robe
Ses bras tendres, avec des gestes assoupis,
Ses pieds froids sur les arabesques des tapis
Cherchent l'imaginaire amant qui se dérobe…

Elle cherche encore, elle ne cessera jamais de chercher, voilà ce que lui martèle une petite voix alors qu'ils reviennent vers Paris. Le lendemain, Forough se promène seule au jardin du Luxembourg qu'elle ne connaît pas, Marie et Pierre ne s'y promenaient guère, ce Paris-là n'était pas le leur. La Tortue a déjà remarqué ses fuites solitaires où elle cherche à se perdre. Forough partage avec la Tortue Pierre et Marie, mais elle aime sa solitude dans une ville inconnue, découvrir par elle seule, sans partager ses émotions avec l'autre, ou plus tard, quand elle a digéré sa découverte, ses impressions, ses projections. Elle s'étonne de savoir qu'un lieu de pouvoir froid, une institution de la République, le Sénat, vit dans cet écrin de verdure. Les jeunes gens s'embrassent, les jupes des filles raccourcissent, les rires en fond sonore, tout dans ce jardin est si français ! Elle s'amuse d'avoir été si choquée par les mêmes scènes à Rome, d'en être tombée malade et d'avoir dû extirper le mal de son être le plus profond. Elle se récite un passage de « La servitude » :

Ici nous sommes soumis au vin et à nos amis
et nous sommes connus comme des ivrognes déshonorés
et bannis. Là-haut, Tu offres du vin et des amants
aux croyants innocents et fidèles.
Ce « péché » amer et brûlant que nous sollicitons
avec joie et avec hâte, change de nom dans Ton paradis,
Seigneur, et devient une œuvre pie.

Jamais elle n'a tant aimé ce poème... Elle pense instantanément au corps de la Tortue, à sa voix, sa présence, sa constance. Elle ne s'est jamais lassée de lui. Peut-être qu'il a raison, peut-être qu'ils doivent faire le choix de Paris et de l'exil. Peut-être. Et c'est à cet instant précis, moment de vulnérabilité, de détente, d'espoir, quand pour la première fois, à Paris, elle ose poser la question de l'exil pour de bon, qu'elle voit l'arbre dont une branche est plus puissante que le tronc. Dans le jardin du Luxembourg, elle découvre l'arbre de son enfance, celui du jardin de Téhéran. L'arbre de son enfance que son père a fait couper alors qu'elle était absente, ce qu'elle ne lui a jamais pardonné. L'arbre difforme du jardin du Luxembourg a non seulement survécu grâce à un banal tuteur en bois supportant la branche vivace qui se dresse, fière, vers le ciel, mais celle-ci est en fleur ! Des fleurs blanches, saines, joyeuses ! Le tronc touche presque le sol, il est ridé et fatigué, il rampe devant le poids de sa descendance, mais il est vivant ! La branche est là qui prouve la grandeur de la poésie. Elle s'assoit, Forough, devant l'arbre et le tuteur poésie. Une heure, deux heures, trois heures, quatre heures. Elle observe l'arbre et le tuteur, sa vie défile sur la branche qui touche le ciel, ses poèmes dansent devant elle. Elle sait alors qu'elle rentrera à Téhéran. Elle sait que même le bonheur ne peut la faire dévier de son chemin : elle se doit de sauver son pays natal. Elle sait se mentir.

Elle refuse de voir derrière la grandiloquence de son but, le visage de son père, les refus de son père, le mépris de son père. Elle sait que le retour à Téhéran n'a qu'une seule pulsation : les battements de cœur de son père. Elle veut son amour, elle veut être reconnue par le seul homme qui jamais n'adoubera son talent. Ainsi avancent les Hommes fixés sur un horizon inatteignable, incapables de mesurer leurs forces, portés seulement par un irrépressible besoin d'être aimés.

À son retour à l'hôtel, la Tortue comprend que quelque chose est arrivé qui interdira l'exil. Il lui demande se forçant à la légèreté ce qu'elle a visité, elle répond, le Sénat, le jardin du Luxembourg. Et rien de plus. Elle ne parle pas, il n'interroge pas, elle veut encore visiter Paris et la France, voilà ce qui compte. Ne pas la brusquer, la suivre. Le Louvre devient une visite quotidienne, les châteaux de la Loire un émerveillement, la Riviera un film hollywoodien. Forough s'habille de blanc, ose des rouges à lèvres audacieux, flirte avec les voisins de table. La Tortue a un pressentiment qui ne le quittera plus, l'impression qu'elle épuise l'éventail des possibles de la France pour n'emporter aucun regret dans ses bagages de retour. Elle joue à être Marie en vrai comme si elle avait accepté que sa vraie vie était ailleurs. Le pressentiment qu'il ne sera jamais ni son Henri, ni son Pierre, ni son Henry, ne quittera jamais la Tortue.

(En 1987, alors qu'il vit et travaille à Paris, la Tortue, qui n'est plus que Cyrus Amir Maziari, se balade dans le jardin du Luxembourg, promenade quotidienne de santé, de légèreté, de souvenir, et s'arrête, comme chaque fois, devant l'arbre dont le tronc s'est avachi sous le poids d'une branche plus puissante mais qui continue de s'épanouir grâce à un banal tuteur. La tête lui tourne dès qu'il pose son regard sur la cause du choix de Forough, sur la fin de l'exil. Il redevient la Tortue et poursuit son dialogue intérieur avec Forough devant l'arbre monstrueux, l'interrogeant sans cesse. Assis devant l'arbre qui raconte Forough qui a choisi l'enfance, le père, le pays natal, Cyrus redevient la Tortue, le conteur, l'écrivain qu'il refuse d'être hors Forough. Il se raconte Forough comme il lui racontait Marie. Les mots se précipitent, il a tant à dire, il ne se contient plus. Il n'est pas encore prêt à trahir sa promesse de ne jamais écrire son grand amour, mais il répertorie, classe, réécrit. La Tortue se prépare à transmettre le roman qu'il n'osera jamais écrire. Et ainsi durant les longues années qui nous séparent de notre rencontre et de la première fois qu'il osa le récit à haute voix pour que moi je l'écrive, il s'assoit, quel que soit le temps, devant l'arbre monstrueusement vivant dont les racines se déboîtent un peu plus chaque année, et écrit, dans sa tête, l'histoire de Forough.

Un jour, après la mort de Fereydoun, après avoir définitivement coupé avec tout ce qu'il pouvait y avoir de persan en lui et autour de lui, il remarque un homme d'une cinquante d'années, la moustache fournie, les cheveux longs, installé sur un tabouret, devant l'arbre de Forough, en train de le peindre. Cyrus reconnaît immédiatement un Iranien qui ose profaner son lieu de mémoire et d'écriture. Il bouillonne de colère et de ressentiment mais n'ose interpeller l'intrus. Pour lui dire quoi ? Comment osez-vous peindre l'arbre de Forough ? Comment pouvez-vous venir perturber ce qui est devenu pour moi sa sépulture mais aussi le lieu de ma trahison ? Oui, je me raconte chaque jour le roman de Forough et nul ne peut venir écouter derrière la porte de mon intimité ! Le peintre iranien revient plusieurs jours d'affilée puis disparaît avant de revenir. Cyrus n'y tient plus et l'aborde, en français. Le peintre lui répond en français avec un accent iranien reconnaissable entre tous. Il ne se doute pas que Cyrus est iranien. Ce ne sont pas seulement ses cheveux clairs, dorénavant presque blancs, ni ses yeux clairs, c'est toute son attitude, la franchise de son regard, la distance toute occidentale, l'absence de gestes, l'économie de langage. Le peintre est fasciné par les racines, il vient de finir une série au Père-Lachaise sur les tombes fracassées par la force des racines qui poussent en explosant la pierre et redonnant vie aux morts. Le peintre iranien est aussi sensible que touchant, Cyrus demeure un sentimental, il finit par avouer son origine. Le peintre est surpris mais pas tant que ça : il voit bien que l'homme si élégant et discret cache un lourd secret qui lui fait pencher la tête vers la terre. Avec la familiarité née de cette rencontre fortuite qui fait renaître le passé, il lui propose de le retrouver avec quelques amis dans son atelier parisien, qui est à quelques encâblures de là, à Montparnasse, comme les peintres d'autrefois, mais « vous le savez n'est-ce pas que les exilés vivent et respirent seulement dans le passé ». La Tortue retrouve sa timidité de jeune adulte et accepte l'invitation. Pour la première fois depuis si longtemps, il se retrouve entouré d'une dizaine d'Iraniens, tous exilés, tous déracinés, tous parlant et riant dans un temps qui n'est plus, déconnectés, revivant une vie disparue, acceptant l'artificialité de leurs réunions, tous comédiens d'une réalité qui leur échappe, espérant, à force de faire semblant, faire revenir les temps heureux, les temps d'Iran. D'abord mal à l'aise, la Tortue ne parvient pas à retrouver son persan, il bute sur tous les mots, il finit par se détendre en goûtant la nourriture de son enfance. Le goût oublié des mets persans le renvoie illico vers la maison familiale du nord de Téhéran puis vers le second étage de la villa restaurée. Il se détend, rit parfois, sent la jeunesse lui revenir dans la gorge comme un sanglot. Puis, un des convives propose de jouer à un jeu. Il s'agit de mimer des expressions persanes. La Tortue n'avoue pas avoir perdu son persan écrit et lu dans sa volonté butée de devenir Pierre Louÿs et Henri de Régnier pour être aimé de Forough. Il ne trouve de toute façon aucune expression, c'est trop loin, trop douloureux, trop dépaysant. Il rit comme les autres, il applaudit et jamais il ne s'est senti aussi faux. Il rentre chez lui nostalgique, dégoûté de lui-même. Il n'est plus persan, il ne sera jamais totalement français, il planera tout le restant de ses jours dans un entre-deux, en coulisse, sans racines et pourtant plein d'espoirs. Il a soudain envie d'une descendance. Il pourrait transmettre, faire vivre la partie la plus occidentale de lui-même. Puis il comprend que la graine persane survivra toujours, que son grand amour est un amour persan et que même un enfant ne pourra le laver de sa bâtardise. Il ne revoit plus le peintre iranien qui lui propose encore de venir dans son atelier. Il assume son choix, reste en Occident, ne cherche plus jamais à retrouver le Persan en lui. Forough lui suffit.)

Un mois plus tard, c'est l'heure de rencontrer Marie de Régnier, quatre-vingt-six ans et curieuse de savoir comment et pourquoi une poète iranienne l'adule. Quand ils parviennent devant l'immeuble, Forough recule. Elle ne peut pas, ne veut pas. Depuis tant d'années, Marie est devenue un idéal, un modèle. Sa Marie est tout comme Aphrodite pour Louÿs. Elle ne veut pas la faire descendre de son piédestal, refuse que le réel vienne saloper encore une fois une image dans laquelle elle puise force et inspiration. La Tortue ne tente pas de la convaincre, il connaît la force de son entêtement. Elle attend sur un banc, le visage levé vers les fenêtres de Marie tandis que, tremblant, Cyrus rend ses hommages à celle qui lui a permis de devenir la Tortue de Forough. Il lui raconte tout, Marie écoute avec attention et une pointe d'ironie. Elle se désole qu'il ne soit même pas un Henri pour elle, et accueille avec plaisir les poèmes traduits par l'amant secret de la poète qui voulait marcher sur ses pas. Elle est encore belle, ou peut-être qu'il confond le passé et le présent, qu'il ne peut retenir le passé de venir déformer le visage de Marie, lui redonner son éclat et son insolence. Elle se lève toujours aussi alerte et se dirige vers la fenêtre où discrètement elle observe Forough sur son banc qui sourit vers son Aphrodite. Elle la trouve belle et met en garde la Tortue : « C'est une idéaliste votre poète, les idéalistes sont des destructeurs, ils n'aiment pas la vie, ils préfèrent ses lendemains qui arrivent toujours trop tard. Méfiez-vous, jeune homme, de ces incandescents dont le génie gâche la capacité à vivre simplement dans vos bras. Pierre était un idéaliste, Vaudoyer aussi. Ils étaient tous pétris de lendemains lumineux, incapables de se suffire d'un cœur qui brûle, d'un corps qui jouit. La simplicité d'une respiration leur fait horreur. Ils finissent mal, les idéalistes. Regardez-moi ! Même la mort ne veut pas de moi tant elle craint que je colonise de ma joie son domaine ! » La Tortue se rend compte d'être tombé amoureux de Marie avant de succomber à Forough. Que sans l'une, il n'aurait pas été capable de tant aimer l'autre. Il s'approche de Marie, se penche et prend sa main qu'il porte fiévreusement à ses lèvres.

Marie vibre comme si elle avait vingt ans : « Vous êtes vivant. Restez-le ! »

Trois jours plus tard, la Tortue et Forough font le voyage retour vers Téhéran. Leur séjour aura été écourté de deux mois.

Paris, 1963

Marie aura enterré père, mari, amants et fils. Elle ne se remettra jamais de ce dernier décès. Tigre ne connaîtra qu'un seul amour, sa mère, qu'il appellera Cotte ou Maricotte toute sa vie. Aucune femme, ni les mondaines, ni les demi-mondaines, ni les filles du Quartier latin, ni les milliardaires américaines ou les aristocrates italiennes, aucune ne parviendra à le fixer quelques jours, quelques mois sur le fil de l'Amour. Maricotte a tout pris d'un coup, les autres, toutes les autres, perdent à la comparaison. Seules les drogues concurrenceront Maricotte.

Le fils ressemble au grand-père jusqu'au vice : il est toujours en manque d'argent. Il boit comme Jean de Tinan, aime les femmes de passage comme Louÿs, joue comme José Maria et innove encore. À trente ans, il est alcoolique et cocaïnomane, dépense sans compter et présente l'addition à Marie et à Henri – qu'il appelle l'Immortel avec une pointe de mépris –, voire à Louÿs qui lui passe tous ses excès. Hédoniste, fêtard mais blasé de vivre sans avoir vécu, même l'approche de la Seconde Guerre ne parvient pas à l'ébranler (sa chronique de fin août 1939 surprend à chaque fois la Tortue, lui qui est pourtant si peu intéressé par la politique : « Si Monsieur Hitler nous prête vie, nous achèverons, une fois de plus, cette saison dans l'allégresse, profitons-en donc pleinement, en souhaitant avec un indéfectible optimisme qu'il y en ait une autre l'année prochaine »).

Si Marie commence une carrière de journaliste, alors que Tigre est encore enfant, elle devine que le fils devra être entretenu comme le père, et accepte ainsi d'écrire des chroniques pour *Le Figaro* sous le pseudonyme du « Flâneur ». Mme Bulteau l'y a encouragée, par affection et pour qu'elle soit la plus autonome possible financièrement : « Vous ne saurez jamais, Toche, quel immense service vous m'avez rendu en me conseillant de travailler et de gagner un petit peu d'argent. Cela commence à m'intéresser âprement. »

C'est aussi en prévision de l'avenir, et parce que la succession de son père s'est révélée un désastre (400 000 francs de dettes !), que sa bibliothèque a dû être vendue, que l'héritage a dû être refusé, que Marie accepte de faire de la réclame pour le célèbre « Album Mariani », initiative du fabricant d'un vin de coca aux proprietés toniques, l'ancêtre du Red Bull, la cocaïne en plus.

Marie devra redoubler d'efforts littéraires et journalistiques durant l'entre-deux-guerres – lorsque Tigre sera emporté par les années folles, ses fêtes, ses cocktails improbables, son désenchantement accentué par les souvenirs meurtriers des tranchées, incapable de gagner sa vie. Ses livres, *Erreurs de jeunesse* ou encore *Stances, instances et inconstances*, malgré leur qualité, ne rencontrent pas le succès escompté et ses chroniques ou caricatures, si elles sont délicieuses, ne sont pas assez régulières pour lui offrir l'autonomie. Tigre demeurera toute sa courte vie un enfant qui rêvait de jouer avec sa mère.

Marie s'est-elle rendu compte qu'elle vampirisait le cœur de Tigre, qu'elle se l'attachait pour son malheur, qu'elle entretenait non pas sa vie mais sa destruction ? L'égoïste, la narcissique Cotte pour qui cet enfant était celui de son premier grand amour mais aussi la preuve vivante de l'Amour inconditionnel d'Henri, se rendit-elle compte, Maricotte, qu'elle tenait prisonnière de ses bras si tendres, de ses yeux si noirs, celui qu'elle aurait dû libérer ?

L'Immortel décédé, c'est Marie seule qui accompagnera l'agonie de son fils en 1943 lorsqu'à défaut de cocaïne, il se noie dans l'alcool trafiqué. Déjà affaibli par les grippes, pharyngites, rhinites, névrites, il ne survivra pas. Marie reste à ses côtés de la fin octobre au 1er décembre 1943 où il s'éteint dans ses bras. Durant ce long mois, elle aura relu ses lettres, ses livres, ses poèmes. Elle ne quitte son chevet qu'une seule fois pour se rendre au cimetière du Père-Lachaise où elle fait l'acquisition d'un caveau de deux places, pour elle et lui. Henri de Régnier est lui aussi enterré au Père-Lachaise mais à l'extrême opposé de sa femme et de Tigre.

Elle vivra encore vingt ans, accompagnée de la prophétie de Pierre Louÿs : « Fais le compte aujourd'hui de ceux que tu aimes, et sache que pas un ne sera à ton chevet le jour où, vieille femme et presque une étrangère dans un monde nouveau, tu mourras, affreusement seule. »

Marie a toujours refusé de couper ses longs cheveux et a gardé ses robes longues à traîne. À quatre-vingt-sept ans, elle lit, reçoit, s'amuse des yeux d'amoureux du jeune Paul Lorenz, qu'elle surnomme Lorenzo, et qui l'aime comme l'ont aimée tant de poètes. Le 28 janvier, comme à son habitude, il se présente à l'heure du thé muni d'un ouvrage. Ce n'est pas une nouveauté, mais une réédition des œuvres poétiques de Pierre Louÿs. Marie garde le livre sur ses genoux, hésitante. A-t-elle envie à son âge de replonger dans le feu de son premier amour ? Du père de son fils adoré ? Elle tente de tenir le rang de la conversation, ses mains caressent la couverture, elle écoute Lorenzo, répond aussi gaiement que possible, les flammes de la cheminée dansent sur son visage, Lorenzo ne l'a jamais trouvée aussi belle. Les yeux noirs de Marie se fixent soudain sur le recueil, elle l'ouvre. Le « Pervigilium Mortis » la happe. Elle a vingt ans.

Ouvre sur moi tes yeux si tristes et si tendres,
Miroirs de mon étoile, asiles éclairés…
… Ferme sur toute moi, sur moi, ton bras qui tremble !
Nos deux corps, nos deux cœurs, nos deux bouches ensemble !
Ah ! Je vis !… tout est chaud ! Tout est chaud ! Tout est chaud !

Lorenzo est parti depuis longtemps, Marie retrouve Pierre, elle retrouve les accents de sa jeunesse, de son cœur, de ses ébats qui n'eurent jamais plus la même saveur d'innocence. Elle qui a froid depuis si longtemps se sent réchauffée par ces vers écrits pour elle, avec elle. Elle tourne les pages, rien d'autre n'existe que ces *Noces mystérieuses*. C'était insensé de s'aimer ainsi ! Elle ne se rend pas compte que la traîne de sa robe de chambre est en feu. Elle a enfin chaud ! Elle n'entend même pas le cri de la femme de ménage : « Vous brûlez, Madame ! Votre robe de chambre brûle ! »

Marie de Régnier s'éteint dans la nuit du 5 au 6 février 1963. Seule, enveloppée seulement du souvenir de Pierre Louÿs.

La Tortue n'osa jamais raconter la mort de Marie à Forough.

Téhéran, 1967

Quatre ans plus tard, le 13 février 1967, Forough déjeune avec ses parents. Pourquoi tiennent-ils à la voir ? Malgré les récompenses, malgré l'indépendance, malgré la publication d'une anthologie regroupant son œuvre, les regards sont toujours lourds de reproches, la crainte que le pire soit à venir. Et s'il lui prend d'apparaître nue dans un film ? Et si elle se fait chanteuse ? Elle ne cesse de fréquenter des réalisateurs italiens, comme ce Bertolucci, qui n'est pas net, il veut filmer la vraie vie de Forough, quelle drôle d'idée ! Qui ça intéresse ? Cela peut encore être pire, ils en sont certains les parents. Le pire est dans les plis du sourire de sa mère, dans les rides de reproches du père. Elle y va pourtant au déjeuner, elle y va à chaque fois, parce qu'elle peut avoir des nouvelles de Kâmi, son fils de chair, et leur donner des nouvelles de son fils de papier, Hossein. Elle peut les faire exister ensemble à la table de chez ses parents. Elle ne traîne pas, leur parle de ses futures publications, regarde sans cesse sa montre. Elle doit repasser au bureau, puis reprendre la route pour récupérer une bobine de film, et retrouver la Tortue – ils prévoient un voyage à Los Angeles ! La Tortue imagine dorénavant Forough en réalisatrice hollywoodienne… Le chauffeur l'accompagne mais elle tient à conduire. Elle adore conduire. Elle n'a pas bu au déjeuner, elle doit encore finir un montage tout à l'heure, après avoir déposé les bobines au laboratoire. Elle est concentrée sur la route, elle n'est pas fatiguée. Elle est de bonne humeur. La vie va. La vie va bien. Comment a-t-elle donc heurté une voiture appartenant à une école privée qui transporte cinq enfants de moins de six ans ? Comment ? Le choc de l'accident est tel que la portière côté conducteur s'ouvre et que Forough, déjà assommée par le pare-brise, est éjectée et se cogne contre le bord du caniveau. Les secours ne peuvent rien. Son cœur bat encore. On la transporte à l'hôpital. Elle décède en chemin. Elle a trente-deux ans. Elle est la seule victime de l'accident. Ni les enfants, ni le chauffeur qui ne conduisait pas, ni celui qui conduisait, personne n'a la moindre égratignure. Il y a un mois à peine, elle terminait ce qui est devenu sa dernière lettre à son frère Fereydoun par ces mots : « En tout cas, la première personne qui mourra dans notre famille c'est moi et tu seras le deuxième. Je le sais. »

Après la mort de Forough, Cyrus s'accroche à Fereydoun, le frère adoré, de retour d'Allemagne, retrouvant chez lui, en plus lumineux, excentrique, et assumé, ce qu'il aimait chez Forough. Après la révolution et le départ précipité de Fereydoun, condamné à mort, Cyrus patiente encore une poignée d'années, espérant un retournement. La guerre balaye tous ses espoirs et il se décide pour l'exil et Paris, où il frappe à la porte de Fereydoun, désorienté mais combatif. La Tortue n'ose pourtant jamais lui raconter sa longue aventure avec Forough, il mentionne quelques rencontres, des lectures de poésies de la Belle Époque, mais jamais il ne pourra se résoudre à dire davantage. Il offre à Fereydoun des recueils de poésies de Louÿs qu'il gardera précieusement, comme un souvenir de sa sœur qu'il aimait passionnément. Jamais la Tortue n'a compris pourquoi Fereydoun était revenu à Téhéran après la mort de Forough.

Quand il rentre avec sa blonde femme allemande et son enfant en bandoulière, il est déjà quelqu'un. Il est déjà le frère cadet de la grande Forough, il est déjà auréolé du titre de « celui qui a réussi quelque chose à l'étranger ». Ce pourrait être l'Amérique, Paris ou Bonn, c'est ce qui n'est pas l'Iran. On sait qu'il écrit en allemand, que les Allemands le lisent, qu'ils l'applaudissent. On grimace déjà. Il est beau, on soupçonne un favoritisme, il est animal, on sous-entend un gigolo. Et n'a-t-il pas épousé une Allemande ? Et ne serait-elle pas riche ? Ne serait-elle pas puissante ? Influente ? Vu de Téhéran, tout étranger est puissant et influent. Fereydoun revient et il est attendu. Les embuscades sont déjà tendues. On murmure avant même son passage : il aime les hommes. Avec moult grimaces, moult sous-entendus. On trouve ça dégueulasse, mais que voulez-vous hein ? Le dégueulasse ça attire irrésistiblement. Il est pédé, il est homo, il est sodomite. Il est l'interdit.

Fereydoun s'avance, dans la capitale minée, souverain, une idée en poche, le reste en tête. Brillant, précis, visionnaire. Inspiré par les shows de variétés en Europe, par l'alternance des partitions musicales et des sketchs comiques, quelques pointes de sérieux dans l'ironie, des déguisements, des reprises, du show sans temps morts, du show familial, mais assez ambigu pour satisfaire les intellectuels sans offusquer les enfants. Du show à couches : mille-feuilles de rires, de poésie, de pipi-caca, de piques satiriques, de blagues salaces sauce pas vu pas pris, et des corps, des corps déguisés, suggestifs, provocants, des corps à fantasmes, des corps à projections. Comme Forough à dix-sept ans s'était soudain crue à Paris, Fereydoun revient au pays natal avec un spectacle à l'occidentale pour un peuple d'Orientaux encore enfantin, qui aimerait bien envoyer valser sa couche mais qui n'est pas encore propre.

Il revient, la fleur au fusil. L'expression est désuète, tant usitée, mais elle s'applique si bien à cet homme qui revient, dans son long manteau cintré, favoris qui accentuent davantage encore son fin visage sculpté au couteau, moustache légèrement tombante – 68 est l'année de la moustache –, yeux de braise et corps de feu. Il débarque le sexe en érection dans un pensionnat de jeunes vierges. Il le payera – et cher.

Il le payera sanglant et terrifiant. Mais en attendant, il est là. La lumière va se poser sur l'Iran pour une décennie à peine. Après ce sera les ténèbres pour tout le monde.

Serait-il revenu si elle n'était pas morte ? Aurait-il pu faire autrement ? Il devait la venger, il devait finir sa conquête, il devait se mesurer aux mêmes monstres, pour lui prouver, peut-être, qu'elle aurait dû, qu'elle aurait pu choisir la lumière.

1968, le show de Fereydoun Farrokhzad est testé grandeur nature sur la première chaîne nationale. On ne dit pas « non », pas « oui ». On dit « testons ». Un jeudi soir, le vendredi étant férié. Le jeudi soir, c'est la fièvre du samedi soir de l'Orient. Il réclame spots roses, projecteurs d'opéra, décors de carton-pâte, costumes de gitane, tiares d'impératrice. Il réclame et obtient. On le déteste mais il est irrésistible. Il y a en lui quelque chose d'enfantin, cette façon de faire les yeux ronds, « je ne comprends pas », et de garder sa main suspendue en l'air en attente d'une réponse, comme si la réponse – positive – pouvait seule faire repartir le fil du temps. Un gosse, un sale gosse, qui veut et qui obtient. Dès la première, c'est un carton. Personne n'a jamais vu ça, personne n'aurait imaginé qu'un Iranien puisse ironiser, passer outre la susceptibilité persane et rire. Rire de la chanteuse qui est pour la paix dans le monde, rire de la chanteuse qui ne sait pas répondre à la question « pourquoi il faut sauver le monde ? », la chanteuse qui n'a même pas remarqué qu'elle chantait une chanson engagée. Il n'a même pas l'air de se foutre d'elle, il y a tant de tendresse en lui. Il parvient à dépasser la susceptibilité persane. Tout le monde est outré mais tout le monde regarde, hypnotisé par l'inédit, le culot, le glamour, avec une petite boule au ventre, comme dans l'enfance, mais qu'est-ce qui va se passer ? Qu'est-ce qu'il va inventer ? Personne ne sait à quoi s'attendre, alors tout le monde patiente devant l'écran.

Fereydoun devient une star. Adulé, détesté, applaudi, méprisé, adoré. Durant dix petites années, il est la lumière et l'espoir. Radio, télévision, musique, danse, interview, micro-trottoir, il est partout. Sur scène, dans les rues, sur le petit écran, dans les postes de radio. Il brille, la modernité de l'Iran tient tout entière dans son nom. Son père n'ose plus sortir, il a honte. Sa mère n'ose plus recevoir, elle a honte. Il canalise toutes les angoisses et tous les désirs des Iraniens. Ils veulent être lui, ils finissent ayatollahs, incapables de se libérer de la gravité, enragés de ne pouvoir être lui.

Après Paris, quelques concerts, des excuses publiques pour avoir bêtement, aveuglément soutenu les communistes qui s'associèrent aux islamistes et renversèrent leurs vies, Fereydoun retrouve l'Allemagne, pays de ses premières années, de ses premiers succès. Mais il ne peut plus chanter, il ne peut plus danser. Il a perdu, ses pieds ne le portent plus, sa voix se casse devant la vague noire des barbus et des corbeaux. On lui crée une émission de radio sur mesure pour qu'il démonte les mollahs. Il tient ses promesses, c'est lui contre Khomeiny. Son existence même fait de l'ombre à l'ombre du barbu. Il enflamme les salles, les chauffe contre l'ayatollah, contre le désastre. Il espère une autre révolution, il espère un retour de la liberté en mieux. Vous l'avez voulu, vous l'avez eu, maintenant, reprenez-vous ! Renversez-le ! Il fait de la politique comme un saltimbanque : sans freins, sans limites, inconscient du danger qui plane au-dessus des têtes. Il accepte de jouer dans un film, un film contre l'islamisme, contre l'islam, *I Love Vienna*. Blasphème ! crient les barbus et les corbeaux. Blasphème ! Oh oui et combien réjouissant ! répond Fereydoun. Des politiques se font assassiner partout dans le monde, il se croit invincible. Il ne comprend pas pourquoi, comment, par quel tour de passe-passe des fossoyeurs ont pris sa Perse en otage. Il va loin, Fereydoun. Va-t-il trop loin ? Va-t-on trop loin quand on oppose la liberté à la mort ? Va-t-on trop loin quand on préfère le bonheur du jour à l'éternité du péché ? Va-t-on trop loin quand on ne trouve que laideur aux voiles qui couvrent les corps, aux têtes obstinément baissées vers le sol pour se faire pardonner de vivre, aux bouches déformées par la foi ? Fereydoun est la lumière.

Le 3 août 1992, il fait les courses à côté de chez lui, à Bonn. Il prend beaucoup trop de tomates, il a la tête ailleurs. Le primeur lui en fait la remarque, il rit de ce rire sensuel et contagieux, il pense à sa mère qu'il aimerait revoir malgré tout. Il reçoit des

Iraniens de l'opposition qui peuvent lui organiser une rencontre en Turquie. Il a pris trop de tomates, mais ça sert toujours. Il va cuisiner pour des Iraniens de l'opposition qui lui promettent une dernière rencontre avec la mère, qui est surveillée, qui ne peut sortir du territoire iranien. Mais ils ont la solution. On lui a promis. Il cuisine, il chante, il se déhanche. Ses chiens aiment l'entendre chanter, ils s'immobilisent et le suivent des yeux, les oreilles dressées, la langue pendante. On sonne à la porte. Il a déjà un verre de vin blanc à la main. Après hésitation, il n'a pas convié son amant – il l'aime celui-là, il se voit bien vivre avec lui, mais pas au point de le convier avec des Iraniens qu'il ne connaît pas. Des Iraniens de l'opposition peut-être, mais des Iraniens quand même ! Il ouvre grand la porte. Deux hommes, la trentaine, en noir, moustache et regards sombres. Des opposants, c'est des politiques, c'est sérieux, ça ne sourit pas de peur de faire futile. Il les invite à entrer, les convie à la cuisine, où il va relancer le feu sous le ragoût, le riz est prêt, il propose du blanc ou du rouge, ou de la bière. Les chiens aboient, agressifs. Les deux hommes n'aiment pas les chiens. Fereydoun les enferme dans sa chambre, les chiens aboient de plus belle, ils ne font jamais ça, ils savent se tenir. Il revient dans la cuisine, les deux hommes n'ont pas retiré leurs vestes. Pas de sourire, pas de vin dans les verres. Fereydoun a un doute. Mais non. Il a vérifié. On a vérifié pour lui. Les chiens sont méfiants parce que les Iraniens de l'opposition craignent les chiens.

Il s'approche, sourire de velours, vin blanc à la main, corps animal. Il s'approche encore. Le premier opposant se tourne lentement vers lui, Fereydoun a gardé son sourire, il s'approche encore. L'Iranien le poignarde directement dans l'abdomen. Il n'a pas le temps de réagir, il devrait, il est toujours aussi sportif. Ils sont deux, ils sont enragés. Les chiens hurlent de plus belle. Il est au sol. Ils s'acharnent. Il est déjà mort, mais ils le poignardent, dans la bouche, dans le ventre, sur les cuisses, partout où est la peau. Les Iraniens de l'opposition qui n'étaient que des agents de l'ayatollah réduisent son corps en bouillie. Ils finissent par le castrer et enfoncer sa bite et ses couilles dans sa bouche qui n'est plus qu'un trou béant sanguinolant. Les chiens hurlent. Fereydoun a cinquante-trois ans. Les assassins ne seront jamais retrouvés. Ils ont été récompensés à Téhéran. Tout Téhéran les connaît.

Téhéran, 2002

La Tortue ne retourne qu'une fois en Iran, au tournant des années 2000. Vingt ans après l'exil, il retourne vers le pays natal comme on exécute un pèlerinage. Revoir le décor de son enfance et de sa jeunesse, se souvenir, en marchant dans les pas du jeune homme qu'il était, de ce qui s'est évaporé, de ce qui a été déformé, magnifié, détruit. Naturellement, ses pas de jeune homme retrouvé l'ont emmené jusqu'à la tombe de Forough Farrokhzad, son unique amour, qui a détruit en lui toute possibilité d'une autre femme, d'une famille, d'une descendance. Il connaît tous ses poèmes par cœur, il les a publiés en français, anglais et allemand, il continue de l'adorer et souffre toujours de n'avoir jamais fait souffrir Forough pour mériter un poème comme ceux que lui avait inspirés Parviz :

J'emporterai de chez vous
mon cœur fou et passionné.
Je l'emporterai pour le laver
de la couleur du péché,

de la tache de l'amour,
de tous les désirs décadents et insensés.
(...) Par Dieu, j'étais une fleur de joie !
L'Amour est venu et de sa main m'a cueillie.
Je suis devenue une flamme de soupirs, hélas !

Ce qu'il ne comprit que longtemps après la mort de Forough, était qu'elle ne pouvait l'aimer car elle ne le voyait pas. Ce qui la ramenait sans cesse vers le deuxième étage de la vieille maison restaurée du nord de Téhéran, ce qui l'aimantait vers lui était ce qui l'empêchait de l'aimer. Cyrus, l'homme, l'amant, le potentiel mari, était caché derrière la Belle Époque, Marie, Louÿs, Henri. Forough ne pouvait le voir, lui, son amant durant les douze dernières années de sa vie, celui qui lui fut le plus fidèle. Quand elle le regardait, un autre monde se superposait sur lui, détruisant sa singularité et la possibilité de l'aimer. Sans le savoir, il avait endossé un personnage qui l'avait révélé pour se faire aimer. Il n'était pas parvenu à la plénitude de l'Amour partagé, mais elle lui avait offert ce cadeau unique : il était devenu ce qu'il aspirait à être au fond de lui par un tour de passe-passe, un jeu de rôle, dont il était sorti gagnant d'une personnalité fabriquée qui était finalement son essence même. Forough Farrokhzad l'avait accouché.

En Iran, la visite aux poètes légendaires et la récitation sur leurs tombes est un rite social. La sépulture de Hâfez à Shiraz n'est jamais au repos. Son éternité ne connaît aucun temps mort, perturbée par le défilé des admirateurs implorants et superstitieux. Jour et nuit se succèdent les pèlerins venus chercher ici de quoi contenter leur culte de la Beauté en même temps que de s'enorgueillir d'être nés persans, sous le haut patronage de poètes qui sont comme autant de dieux – quête superstitieuse aussi. On lit l'avenir entre les ghazals de Hâfez, on récite Omar Khayyâm comme une prière pour se donner du cœur à l'ouvrage, on les psalmodie dans les instants de désespoir, on confond le poète, Dieu, le destin, les miroirs, les chaussures dont le talon touche la pointe et qui indiquent qu'on parle dans votre dos. Mais visiter Forough s'avère plus difficile que de réciter Hâfez sur sa tombe. Elle est enterrée au cimetière de Zahir O-Dowleh, dans le nord de Téhéran, dissimulé aux regards, fermé au public, où nul n'a eu l'autorisation d'être enterré depuis 1979. La Tortue n'imaginait pas que Forough puisse reposer ailleurs que dans ce qui, dès l'origine, est le cimetière des artistes et des poètes, fondé par l'un des gendres de Nassereddine Shah, le dernier Shah de la dynastie des Qâdjârs qui valait quelque chose. Ce Shah-là était passionné de photographie, voyageait en Europe, il avait doté l'Iran d'une université d'élite et d'une école polytechnique, remis la cour à sa place, centralisé le pouvoir, levé des impôts, financé une presse libre, le tout sous la houlette d'un chancelier, Amir Kabir, fils du cuisinier du précédent Shah, qui a eu toute une enfance et une adolescence pour observer silencieusement le pouvoir et constater ce qui grippe, ce qui roule, ce qui émeut, ce qui dégoûte et qui, en métèque de l'intérieur, trancha, harmonisa, équilibra. Mais c'était sans compter le goût du pouvoir des femmes, c'était sans compter la mère de Nassereddine Shah, sans la reine mère qui ne pouvait plus dépenser comme elle voulait, qui ne supportait pas son gendre, car en plus de tout le reste le fils du cuistot avait épousé une de ses filles ! Elle était mère, elle savait y faire avec le fils, elle parvint à la convaincre d'exiler le métèque, de l'envoyer dans le nord, mais ce n'était pas assez, une nuit que son Shah de fils était ivre, elle lui soutira la condamnation à mort d'Amir Kabir. Le chancelier était plus Shah que le Shah, il ne contesta pas, ne résista pas, ne se révolta pas, il réclama de choisir sa mort. C'était un prince, il s'ouvrirait les veines. La reine mère pouvait rire, elle pouvait se vautrer dans son opulence retrouvée, Amir Kabir avait gagné, la Perse moderne était née. Forough ne pouvait être enterrée ailleurs qu'ici et la Tortue corrompt le gardien intransigeant du cimetière fait de pierre et d'arbres bicentenaires, de lierre et de fleurs, avec de l'argent mais ce n'est pas assez, il lui raconte Amir Kabir et Nassereddine Shah qui ne se pardonna jamais son ivresse, la reine mère qui mourut d'avoir trop mangé, et Forough qui mourut d'avoir voulu protéger des enfants. Le gardien accepte l'argent et l'histoire, la Tortue gagne son droit au pèlerinage.

Mais alors que la Tortue effectue le rituel qui fait de lui un authentique Persan, fixant l'imposante stèle, récitant son poème préféré, soudain des bruits de pas étouffés derrière lui, suivis d'une ombre qui se répand comme l'annonce d'un orage. La Tortue ne peut s'empêcher de ressentir la morsure de la peur, comme au temps de la révolution et de la guerre, lorsque chaque bruit rompant le silence signifiait attentat, arrestation, mouvement de foule, chaos, danger. La Tortue se retourne lentement – il remarque au passage que s'il n'avait pas choisi l'exil, il n'aurait pas réagi, n'aurait montré aucun signe de malaise, qu'il aurait pris le pli de cohabiter avec les ombres rampantes. Des étudiants. Des très voilées. Des islamistes. Dans chaque foulard noué autour du visage d'une femme, dans chaque nœud, chaque teinte, chaque pli, il y a un positionnement politique. Celles-là sont du genre haut degré de religiosité. Noirs les foulards, noirs les vêtements, noires les âmes, noires les barbes, noirs les cœurs. De vrais islamistes. De ceux qui auraient pendu Forough si elle avait survécu jusqu'à la révolution. De ceux qui avaient assassiné Fereydoun. De ceux qui ont pu entrer dans le cimetière, des enfants gâtés de dignitaires. Des très dangereux. La Tortue est pris d'un sursaut de courage et choisit de ne pas bouger. Les étudiants s'agglutinent autour de lui. Ils ne se tiennent pas la main, faudrait pas pousser l'indécence jusque-là, mais ils entourent la Tortue, la tombe, ce qui reste de Forough, ils les tiennent prisonniers de leur indéniable pouvoir et ils récitent. D'une même voix, ils osent.

De là-bas, heureuse et libre,
je verrai un monde où tes yeux charmeurs
rendent obscurs mes chemins.
Je verrai un monde autour duquel
tes yeux charmeurs dans le noir de leur mystère
ne cesseront de construire des murs.

Ils osent ! *Le Mur.* Titre du recueil regroupant les poèmes des années 1955-56. L'après-divorce. Eux qui sont les plus grands bâtisseurs de murs. Ils se sont approprié Forough en tant que Persans. Elle est dorénavant inscrite dans la lignée des Grands. Et parce qu'elle est immortelle, parce que de génération en génération, dans le pays natal, comme en exil, les Iraniens apprennent ses poèmes par cœur, pour cette raison-là justement, sa vie, sa vérité, son calvaire doivent être dérobés à la postérité. Ceux qui n'avaient qu'un mot pour la définir : « pute », ceux qui crachaient sur son œuvre car elle se permettait, en plus de tout le reste, de monter sur scène, de faire l'actrice, de se donner, impudique, au public, mais aussi de vivre avec un homme marié et père de deux enfants, de coucher avec d'autres et de le raconter, sans fard, sans métaphore impossible, sans mystique, à nu, dans ses poésies et ses entretiens, qui se permettait de faire la révolution, comme ça, avec son cul, sans demander l'autorisation de personne, parce qu'elle se permettait tout ça, qu'importe la souffrance dans laquelle elle se délectait, elle était honnie, systématiquement pointée du doigt, abandonnée à la pure solitude. Ceux-là mêmes la célèbrent aujourd'hui, ceux-là ne veulent rien entendre de sa réalité, de sa vérité, ils la récitent parce qu'elle est une Grande, et parce qu'ils sont persans. Et ce faisant, ils la volent à la liberté, ils la volent à la Tortue. Ils la volent à ceux qui sentent en récitant. Et ce faisant, le poème sonne autrement dans leur voix, pas seulement faux, non, il y a autre chose : ils rhabillent sa poésie de la dimension divine qu'elle avait occultée, y préférant le présent, les corps vivants, la vie ici-bas. Ils occultent la Forough révolutionnaire en la récitant, n'en préservent que l'esprit morbide. Parce qu'ils sont islamistes, parce qu'ils ne croient pas au présent, aux corps, ils travestissent la vie en paradis. Ils accrochent comme un trophée Forough aux psalmodies religieuses.

La Tortue capitule devant eux : ce sont les enfants de ceux qui crachèrent sur Forough vivante qui viennent cracher sur sa tombe. Ils ont déjà gagné il y a très longtemps. Forough était une erreur, un petit accroc dans la longue histoire de la mentalité de merde. Il recule de quelques pas. Hésite. Reprend sa débandade. Il s'accroche au souvenir de Forough, à Paris, à son exil définitif, à sa vie hors les murs de la morale. Il pense à ses souffrances, à ses interrogations, à ses larmes, mais surtout à sa liberté. À son destin entre ses mains, ses choix dans ses pattes, ses rires en réserve, et le souvenir intact de Forough. N'a-t-il jamais aimé avec une telle intensité une autre femme ? Qu'importe ! Il a aimé.

Il patiente depuis la mort de Forough, il patiente, cherchant du courage pour transformer un échec en avenir, donner un sens à ce qui avait été vécu dans le secret, offrir une digne sépulture à une poète qui était trop libre pour tous les temps de l'Iran.

La Tortue me confia son aventure avec Forough pour que je l'écrive, pour offrir un destin littéraire à un échec politique. Reniant la promesse qu'il lui avait faite de ne jamais écrire sur elle. Pour la sauver, il trahit sa promesse.

Paris, automne 2022

Plus de vingt ans plus tard, hospitalisé dans son domicile parisien, son lit déplacé au milieu de sa chère bibliothèque, Cyrus, quatre-vingt-treize ans, continue de rire, de réciter Pierre Louÿs, de choquer ses plus jeunes étudiants – dont certains ne reviennent plus le voir tant ils sont offensés par la ludique pornographie de Louÿs –, de confondre chaque jour un peu plus Marie et Forough, les racontant indifféremment, mélangeant les temps, mais préservant la mémoire de ces femmes libres dans un même récit. Il raconte Fereydoun, son corps qui a été le corps libre de l'Iran avant… avant cette mort atroce dont le récit lui coûte mais il s'accroche aux détails, pour que nul ne puisse oublier combien la liberté se paye au prix fort, celui du sang. Il s'étonne de voir sa chère France oublier ses gammes libertines, ses hommes devenir lâches à force de crainte, mais il arrive au bout de son chemin et il est un spécimen ayant largement bénéficié des fruits de la libre pensée, de la libre parole, des libres idées. Il n'a pas de télévision, ne lit pas les journaux, ne parle jamais politique. Une de ses ex-étudiantes, plus culottée, curieuse et brillante que les autres, veut reprendre ses cours sur la Belle Époque que l'université désire supprimer et le visite tous les dimanches, vive et légère. Il aurait pu en tomber (presque) aussi amoureux que de Forough. Son ex-étudiante préférée déboule à l'improviste, un jeudi d'octobre, dans sa « bibliothèque-agonie » – comme il surnomme sa dernière demeure –, et lui montre, sur son téléphone – cet étrange instrument de communication qui éloigne subrepticement les Hommes –, des images d'Iran, de jeunes hommes et de jeunes femmes, des foulards qui virevoltent au-dessus des cheveux découverts, des feux de joie où brûlent les voiles de la soumission, des danses dans les rues, des cloisons démontées dans les universités pour se mélanger, hommes et femmes, des cris de joie et des rires d'espoir, des gamins, même pas vingt ans, qui scandent dans les rues, en plein jour, « nous sommes les enfants de Cyrus le Grand » – le Shah qui avait fait la Perse 500 ans avant J.-C., rédigé ce qui s'apparente à la première déclaration des droits de l'homme, libéré les juifs de Babylone et financé la construction du second temple de Jérusalem, et à qui il devait son prénom, lui dont la mère était issue d'une famille juive iranienne convertie –, des corps découverts, des corps jouisseurs, des corps qui auraient pu être le corps de Forough. Cyrus la Tortue se dit, pour la première fois, qu'il est trop tôt pour mourir. Qu'il ne verra pas grandir tous les enfants de papier de Forough qui viennent de se réveiller d'un long sommeil. Que demain, la Perse sera peuplée de Forough, de Fereydoun et de Cyrus. Il a un petit pincement au cœur, puis il accepte que son temps soit passé, mais qu'il ait préparé cet avenir-là en aimant cette poète-là.

SOURCES

Toutes les citations des poèmes de Forough Farrokhzad sont tirées de l'édition 2017 de son *Œuvre poétique complète*, traduite du persan par Jalal Alavinia (Lettres Persanes, 2017). Par ordre de citation :

« J'ai de la pitié pour le jardin », in *Croyons à l'approche de la saison froide*, poèmes publiés post-mortem, 1974.

« Le vin et le sang », in *La captive*, 1954.

« Souvenir d'un jour », in *Le mur*, 1956.

« La femme errante », in *La captive*, 1954.

« Le péché », in *Le mur*, 1956.

« Sur la tombe de Leylî », in *Le mur*, 1956.

« Après sept ans », in *Croyons à l'approche d saison froide*, poèmes publiés post-mortem, 197

« La servitude », in *La Rébellion*, 1958.

« Adieu », in *La captive* 1954.

« Le mur », in *Le mur*, 1956.

la

Cet ouvrage a été imprimé
par Dupliprint à Domont (95)
pour le compte des Éditions Grasset
en septembre 2024

Mise en pages
PCA 44400 Rezé

PAPIER À BASE DE
FIBRES CERTIFIÉES

Grasset s'engage pour
l'environnement en réduisant
l'empreinte carbone de ses livres.
Celle de cet exemplaire est de :
550 g éq. CO_2
Rendez-vous sur
www.grasset-durable.fr

N° d'édition : 23366 – N° d'impression : 2024082760
Dépôt légal : janvier 2024 - Suite du tirage : septembre 2024
Imprimé en France